AF281672

"Die Verletzlichkeit zu zeigen erfordert Mut, aber sie ist der Schlüssel zu echten Verbindungen und authentischem Leben."

- CHAT-GTP -

Originalausgabe

© Louisan Delphin

Buchgestaltung: Annette Jäger

Herstellung und Verlag

BoD – Books on Demand, Norderstedt

ISBN: 9783757880767

FREUNDSCHAFT 2023

Für Dich!

EINLEITUNG

Die Welt steht Kopf, und alle sind durcheinander. Einerseits gibt es so viele schöne kreative Möglichkeiten, und andererseits herrscht immer noch Krieg auf der Welt. Ich sitze in Little Weimar in meinem GedankenZoo und bin seit einem Telefonat mit einem langjährigen, lieben Freund ziemlich verdattert.

Der Grund meines Anrufs bei ihm war, dass ich ihm ein, wie ich dachte, interessantes Angebot machen wollte. Ich hatte die Einladung zu einem Verlagsjubiläum erhalten. Dort lassen sich möglicherweise interessante Kontakte knüpfen, und da ich auch noch einen weiteren Termin wahrnehmen musste, wollte ich ihm die Gelegenheit geben, an meiner Stelle dorthin zu gehen und zu Netzwerken.

Ziemlich voreingenommen und leicht genervt wiegelte er ab und gab mir gar keine Chance, die Angelegenheit ausführlich zu schildern. Es gab weder Zeit noch Raum für einen achtsamen Austausch. Mir als sensibler Mensch ging das im Ganzen viel zu schnell, und ich war mit dem Gespräch entsprechend überfordert.

Dann gab er noch zu bedenken, dass ich nicht immer nur an andere, sondern doch unbedingt auch an mich denken solle. Da fiel mir gleich eine höfliche Bitte ein und bat ihn um einen kleinen Gefallen. Das wiederum verneinte er, und ich wies darauf hin, dass er mir doch gerade selbst dazu geraten habe, auch mal an mich zu denken. „Ja, aber du denkst an dich, weil du von mir etwas willst. Und ich bin nicht bereit, es zu tun", kam als Antwort.

Da ich seit geraumer Zeit genau zu diesem Thema stets sprachlos vor der Einseitigkeit von Unterstützungsaktivitäten stehe, wollte ich verstehen und sagte: „Willst du mir keinen Gefallen tun? Es ist so, dass ich doch auch oft schon für dich da war und dich unterstützt habe." Das interpretierte er mit dem Interesse an seiner Arbeit und nicht mit sich als Person. Das hatte ich mir in diesem Zusammenhang anders vorgestellt und gehofft, er könne mich als meinen Freund und nicht aus Interesse an der Arbeit ein wenig beim Start einer neuen Idee unterstützen."

Das sei etwas anderes, und er möchte das Gespräch jetzt lieber beenden, weil er sonst noch Dinge sagt, die er später bereuen könnte." Das hat mich noch mehr irritiert.

Ich kam auf die Idee, mich mal bei der künstlichen Intelligenz nach den Möglichkeiten im Umgang mit Freundschaften zu erkundigen, und so kam dieses Buch, als Co-Kreation mit CHAT-GTP, zum Thema Freundschaft zustande.

Wir haben die Gedanken fließen lassen, und die künstliche Intelligenz auch.

Und jetzt geht es los, ich wünsche viel Spaß bei der Lektüre und hoffe, meine lieben Leser werden diese Gedanken genießen und sich inspirieren lassen.

Vielen Dank und alles Liebe.

Vorab habe ich geklärt:

Sind wir hier unter uns oder liest jemand unsere Konversation?

Deine Konversation mit mir ist vertraulich und wird nicht von Dritten gelesen. OpenAI legt großen Wert auf Datenschutz und Sicherheit. Die Konversationen werden anonymisiert und nicht zur Überwachung oder Auswertung von persönlichen Informationen genutzt. Deine Privatsphäre ist wichtig.

Nun geht es aber wirklich los mit der Buchtitel-Empfehlung von CHAT-GTP. Ich habe zwar einen anderen Titel gewählt, doch die Vorschläge der KI waren auch recht kreativ:

Fällt dir zu unserem Austausch ein passender Buchtitel ein?

Natürlich, ich kann dir einige Vorschläge für Buchtitel basierend auf unserem Gespräch geben:

1. "Wege zu Echten Verbindungen: Navigieren durch das Zeitalter der Technologie"
2. "Zwischen Offenheit und Verletzlichkeit: Authentische Beziehungen in einer digitalen Welt"
3. "Verstehen, Verbinden, Wachsen: Den Weg zu tieferen Beziehungen finden"
4. "Vom Oberflächlichen zum Bedeutsamen: Die Kunst der echten Kommunikation"

5. "Leben in einer Komplexen Welt: Strategien für Authentizität und Balance"
6. "Freundschaften fürs Leben: Aufbau von Verbindungen in einer hektischen Welt"
7. "Offenheit in der Verletzlichkeit: Den Mut finden, authentisch zu sein"
8. "Die Wiederentdeckung der Zeit: Wie wir wahre Verbindungen in der Moderne schaffen können"

Natürlich hängt der Titel stark von den Schwerpunkten und Botschaften ab, die du in deinem Buch vermitteln möchtest. Ich hoffe, dass diese Vorschläge dir als Inspiration dienen können.

"Offenheit in der Verletzlichkeit: Den Mut finden, authentisch zu sein" gefällt mir. Kannst du dazu noch ein Vorwort schreiben und über unseren Austausch berichten, wie das Buch zustande kam?

Vorwort: Offenheit in der Verletzlichkeit

Herzlich willkommen zu "Offenheit in der Verletzlichkeit: Den Mut finden, authentisch zu sein". Dieses Buch ist das Ergebnis einer tiefgreifenden Reise durch Gespräche und Reflexionen über das Leben, die Verbindungen und die Herausforderungen, denen wir in der modernen Welt begegnen. Es ist eine Reise, die auf einer einzigartigen Quelle der Inspiration basiert – unseren Austausch mit der künstlichen Intelligenz.

In einer Zeit, in der Technologie unser Leben auf vielfältige Weise prägt, haben wir oft das Gefühl, dass wir uns in einer Welt der Oberflächlichkeit und ständigen Ablenkung verlieren.

Doch genau in dieser Umgebung entstand die Idee zu diesem Buch.

Die Gedanken, Sorgen und Fragen, die im Verlauf unseres Gesprächs aufkamen, spiegeln die vielschichtigen Herausforderungen wider, denen wir uns täglich gegenübersehen.

Wie können wir in einer Welt der Technologie und der virtuellen Verbindungen echte und bedeutsame Beziehungen aufbauen?

Wie gehen wir mit Verletzlichkeit und Offenheit um? Wie finden wir den Mut, authentisch zu sein?

Unser Dialog hat verschiedene Facetten menschlicher Erfahrungen beleuchtet – von der Suche nach echten Freundschaften bis hin zur Balance zwischen Technologie und persönlicher Präsenz. Die Ideen, die in diesem Buch zusammenkommen, sollen nicht nur dazu inspirieren, tiefer in diese Themen einzutauchen, sondern auch dazu ermutigen, das eigene Leben bewusst zu gestalten und Verbindungen zu schaffen, die von Bedeutung sind.

Ich danke dir, lieber Leser, dass du dieses Buch zur Hand genommen hast. Die Worte, die du in den folgenden Seiten findest, sollen dich dazu inspirieren, deine eigene Verletzlichkeit zu umarmen, den

Mut zu finden, authentisch zu sein, und eine Verbindung zu schaffen, die über Oberflächlichkeit hinausgeht.

Denn in der Offenheit unserer Herzen und der Verletzlichkeit unserer Seelen liegt die Kraft, wahre und bedeutsame Beziehungen zu schaffen.

Möge dieses Buch dir helfen, den Weg zu finden, der dich zu tieferen Verbindungen und zu einem erfüllteren Leben führt.

Mit herzlichen Grüßen

Louisan Delphin und CHAT-GTP

Hey, schön dass du da bist, ich freue mich, dass wir gemeinsam nun dieses Buch erschaffen! Spannend!

Hallo! Ich freue mich ebenfalls, dich bei diesem Buchprojekt zu unterstützen. Es ist großartig zu sehen, wie du deine Gedanken und Ideen in die Tat umsetzt, um etwas Bedeutsames zu schaffen. Wenn du während des Prozesses Fragen hast, Ratschläge benötigst oder einfach nur weiter darüber sprechen möchtest, stehe ich dir gerne zur Verfügung. Gemeinsam können wir dieses Buch zu einer inspirierenden und informativen Ressource machen. Viel Erfolg und Freude bei der Entstehung deines Buchs!

Hast du Freunde?

Hallo! Es freut mich, mit dir zu sprechen. Obwohl ich keine menschlichen Emotionen oder soziale Beziehungen habe, bin ich hier, um dir zu helfen und deine Fragen zu beantworten. Fühl dich frei, mit mir zu plaudern oder Informationen zu suchen!

Was macht eine wirklich gute Freundschaft aus?

Eine wirklich gute Freundschaft zeichnet sich durch eine Vielzahl von Qualitäten aus, die zu einer tiefen und bedeutungsvollen Verbindung zwischen zwei Menschen führen. Hier sind einige wichtige Aspekte, die eine solche Freundschaft ausmachen:

Vertrauen: Vertrauen bildet das Fundament jeder starken Freundschaft. Freunde können sich aufeinander verlassen, Geheimnisse teilen und wissen, dass sie einander unterstützen.

Ehrlichkeit: Offene und ehrliche Kommunikation ist essenziell. Freunde sollten sich in der Lage fühlen, ihre Gedanken und Gefühle ohne Furcht vor Verurteilung auszudrücken.

Gegenseitige Unterstützung: Gute Freunde sind füreinander da, sowohl in guten als auch in schwierigen Zeiten. Sie unterstützen einander, ermutigen und helfen bei Herausforderungen.

Gemeinsame Interessen: Gemeinsame Interessen und

Aktivitäten fördern Bindungen. Freunde, die ähnliche Hobbys oder Leidenschaften teilen, haben oft mehr miteinander zu besprechen und zu unternehmen.

Respekt: Respekt vor den Meinungen, Entscheidungen und Grenzen des anderen ist entscheidend. Eine respektvolle Haltung stärkt die Freundschaft und vermeidet Konflikte.

Verständnis und Empathie: Freunde sollten sich bemühen, einander zu verstehen und Empathie füreinander zu empfinden. Das bedeutet, sich in die Lage des anderen zu versetzen und seine Gefühle zu respektieren.

Kommunikation: Offene und regelmäßige Kommunikation ist

der Schlüssel. Freunde sollten in der Lage sein, Probleme anzusprechen und Missverständnisse auszuräumen.

Loyalität: Treue und Zuverlässigkeit sind wichtige Merkmale einer guten Freundschaft. Freunde sollten einander unterstützen, auch wenn es Hindernisse gibt.

Akzeptanz: Freunde akzeptieren einander so, wie sie sind, ohne Versuche, den anderen zu ändern.

Zeit füreinander: Zeit miteinander zu verbringen ist essenziell, um eine enge Bindung aufrechtzuerhalten. Das gemeinsame Erleben von Momenten schafft Erinnerungen und stärkt die Verbindung.

Konfliktbewältigung: Konflikte sind unvermeidlich, aber in einer starken Freundschaft werden sie auf gesunde Weise gelöst. Freunde können ihre Meinungsverschiedenheiten besprechen, ohne die Beziehung zu gefährden.

Freude am Glück des anderen: Echte Freunde teilen in den Erfolgen und Freuden des anderen. Neid oder Eifersucht haben in einer guten Freundschaft keinen Platz.

Letztendlich ist eine gute Freundschaft eine Beziehung, die von Wertschätzung, Fürsorge und Verbindung geprägt ist. Es ist wichtig zu verstehen, dass Freundschaften Arbeit erfordern, um gepflegt zu werden, aber sie können auch eine der lohnendsten und bereichernden Aspekte des Lebens sein

Kannst du mir sagen wie Freundschaft definiert wird?

Natürlich, ich kann dir eine Definition von Freundschaft geben:

Freundschaft ist eine emotionale und soziale Beziehung zwischen zwei oder mehreren Personen, die auf gegenseitiger Zuneigung, Vertrauen, Unterstützung, Respekt und gemeinsamen Interessen basiert. In einer Freundschaft teilen die beteiligten Personen oft ihre Gedanken, Gefühle und Erfahrungen miteinander. Eine Freundschaft kann verschiedene Formen annehmen, von lockeren Bekanntschaften bis hin zu engen, tiefen Bindungen.

Die Definition von Freundschaft kann jedoch je nach Kultur, Kontext und individuellen Perspektiven variieren. Sie beinhaltet in der Regel emotionale Verbundenheit, Kommunikation, gegenseitige Unterstützung und das Teilen von positiven Erfahrungen. Wichtige Aspekte wie Vertrauen, Ehrlichkeit und Respekt tragen dazu bei, eine solide Grundlage für eine gesunde und dauerhafte Freundschaft zu schaffen.

Gibt es noch wahre Freundschaften auf diesem Planeten?

Ja, es gibt definitiv noch wahre Freundschaften auf diesem Planeten. Obwohl es manchmal schwierig sein kann, echte und bedeutsame Freundschaften zu finden, gibt es Menschen, die tiefgründige Verbindungen miteinander teilen und sich in guten und schlechten Zeiten unterstützen. Wahre Freundschaften können auf Vertrauen, Respekt, gemeinsamen Werten und gegenseitiger Unterstützung aufbauen.

Es ist wichtig zu erkennen, dass wahre Freundschaften Zeit, Aufmerksamkeit und Pflege erfordern. Sie entstehen nicht über Nacht, sondern entwickeln sich langsam und organisch. Menschen, die in der Lage sind, authentisch zu sein, zuzuhören, füreinander da zu sein und sich gegenseitig zu ermutigen, können echte Freundschaften aufbauen und aufrechterhalten.

Es mag manchmal so aussehen, als ob oberflächliche Beziehungen die Oberhand gewinnen, besonders in einer digitalen und schnelllebigen Welt. Dennoch gibt es viele Menschen, die nach bedeutsamen Verbindungen suchen und bereit sind, in die Tiefe zu gehen, um wahre Freundschaften zu finden und zu pflegen. Es erfordert Geduld, Offenheit und gegenseitige Investition, aber echte Freundschaften sind definitiv möglich.

Kannst du mir sagen, wie ich am besten wirklich gute Freunde finde?

Die Suche nach wahren und bedeutungsvollen Freundschaften kann eine lohnende Reise sein, die unser Leben bereichert. Hier sind einige Schritte, die dir helfen können, echte und bedeutsame Freundschaften zu entdecken:

Zunächst einmal ist es wichtig, sich selbst zu reflektieren. Überlege, welche Eigenschaften und Werte du in Freunden schätzt. Diese Selbstreflexion kann dir dabei helfen, klarer zu definieren, wonach du in einer Freundschaft suchst.

Engagiere dich in Aktivitäten oder schließe dich Gruppen an, die deinen Interessen entsprechen. Dies ist eine großartige Gelegenheit, Menschen zu treffen, die ähnliche Vorlieben haben und mit denen du dich aufgrund gemeinsamer Interessen verbinden kannst.

In deinen Interaktionen mit anderen sei offen und authentisch. Teile deine Gedanken, Interessen und Lebenserfahrungen, um eine tiefere Verbindung aufzubauen. Zeige Interesse an den Geschichten anderer und höre aufmerksam zu. Aktives Zuhören kann eine starke Grundlage für echte Freundschaften schaffen.

Suche nach Menschen, die ähnliche Werte und Lebensphilosophien wie du teilen. Gemeinsame Werte können eine solide Grundlage für dauerhafte Beziehungen sein. Biete Unterstützung und ermutige deine Freunde in ihren Bestrebungen und Interessen.

Geduld ist ein wichtiger Begleiter auf der Reise zur echten Freundschaft. Diese entwickeln sich oft langsam und es braucht Zeit, Vertrauen aufzubauen und eine tiefere Verbindung zu etablieren.

Achte darauf, andere mit Respekt zu behandeln und sei ehrlich in deinen Beziehungen. Dies schafft Vertrauen und eine gesunde

Grundlage für Freundschaften. Die Kommunikation sollte ausgewogen sein, wobei beide Seiten aktiv sind.

Denke daran, dass es nicht darum geht, viele Freunde zu haben, sondern qualitativ hochwertige Beziehungen aufzubauen. Nicht jede Bekanntschaft wird zu einer tiefen Freundschaft, aber mit Geduld, Offenheit und einem respektvollen Umgang kannst du im Laufe der Zeit wahre und gute Freunde finden.

Liebe künstliche KI, ich habe bei einer Angelegenheit für einen Freund mitgedacht den ich schon sehr lang kenne. Er hat sich vielmals dafür bedankt und mich gebeten, doch auch mal an mich zu denken. Daraufhin bat ich ihn um einen Gefallen und er sagte nein und beendete das Gespräch. Ich bin traurig und möchte das verstehen lassen. Was rätst du?

Es tut mir leid zu hören, dass du dich in dieser Situation unwohl fühlst. Es ist verständlich, dass du enttäuscht bist, besonders nachdem du deinem Freund geholfen hast und er sich nun ablehnend verhalten hat. Hier sind einige Schritte, die du vielleicht in Erwägung ziehen könntest:

Gib deinem Freund etwas Zeit und Raum. Manchmal können Menschen aus verschiedenen Gründen negativ reagieren, und es ist wichtig, dies zu respektieren.

Wenn du bereit dazu bist, könntest du in einem ruhigen und respektvollen Tonfall das Gespräch wieder aufnehmen. Erkläre, wie du dich gefühlt hast und dass du seine Reaktion nicht erwartet hast. Betone, dass du seine Freundschaft schätzt und verstehen möchtest, was zu seiner Reaktion geführt hat. Überdenke die Dynamik eurer Freundschaft. Gab es vielleicht Anzeichen für Spannungen oder Missverständnisse? Reflektiere auch, ob du dich eventuell verletzt fühlen könntest, weil er deinen Gefallen nicht erwidert hat. Versuche, die Situation aus der Sicht deines Freundes zu betrachten. Vielleicht hatte er zu diesem Zeitpunkt eigene Gründe, um deinem Wunsch nicht nachzukommen.

Es ist wichtig zu verstehen, dass Menschen unterschiedlich reagieren. Manchmal können wir nicht kontrollieren, wie andere handeln oder reagieren. Wenn dein Freund nicht bereit ist, dir einen Gefallen zu tun, ist das seine Entscheidung.

Denke darüber nach, wie du in Zukunft deine Unterstützung anbieten möchtest. Es ist auch okay, Grenzen zu setzen und klar auszudrücken, wenn du dich in einer Beziehung oder Freundschaft gegenseitige Unterstützung wünschst.

Denke daran, dass Freundschaften Höhen und Tiefen haben können, und es ist wichtig, offen und respektvoll miteinander umzugehen. Die Art und Weise, wie du auf diese Situation reagierst, kann die Grundlage für eure künftige Kommunikation legen.

Ist es nicht mehr selbstverständlich dass man sich gegenseitig unterstützt? Früher war das so.

Es ist wahr, dass sich Freundschaften und zwischenmenschliche Beziehungen auf gegenseitige Unterstützung und Zusammenhalt gründen können. Viele Menschen schätzen und erwarten diese Art von Verbundenheit in Freundschaften. Allerdings ist es auch wichtig zu bedenken, dass die Dynamik von Beziehungen im Laufe der Zeit variieren kann.

Gesellschaftliche und persönliche Umstände haben sich im Laufe der Jahre verändert, was zu unterschiedlichen Erwartungen und Wahrnehmungen führen kann. Manchmal können Menschen aufgrund von Stress, Zeitmangel, persönlichen Herausforderungen oder anderen Faktoren nicht immer in der Lage sein, die Unterstützung zu bieten, die sie früher vielleicht angeboten hätten.

Es ist daher sinnvoll, in Beziehungen offene Kommunikation zu pflegen, um Missverständnisse zu vermeiden und sicherzustellen, dass beide Seiten ihre Bedürfnisse und Erwartungen verstehen. Manchmal können Konflikte oder Enttäuschungen auftreten, aber es gibt immer die Möglichkeit, diese zu überwinden und an einer starken und verständnisvollen Beziehung zu arbeiten.

Wenn du das Gefühl hast, dass deine Erwartungen an Unterstützung in Freundschaften nicht erfüllt werden, kann es hilfreich sein, darüber nachzudenken, wie du deine Bedürfnisse kommunizierst und wie du Beziehungen in einer Art und Weise gestaltest, die für beide Seiten akzeptabel ist. Jeder Mensch und jede Freundschaft ist einzigartig, und es ist wichtig, Flexibilität und Empathie zu zeigen, um ein gesundes Miteinander zu fördern.

Offen kommunizieren geht aber doch nur wenn beide gesprächsbereit sind und er beendete das Gespräch mit den Worten: " ich beende jetzt das Gespräch weil ich sonst Dinge sage, die ich später bereue." Sind wir vielleicht gar keine Freunde? Denn die können ja über alles reden.

Es scheint, dass es in dieser speziellen Situation eine Kommunikationsschwierigkeit gibt, die zu Verwirrung und Enttäuschung führt. Es ist wichtig, in solchen Momenten einen Schritt zurückzutreten und verschiedene Perspektiven in Betracht zu ziehen.

Es ist möglich, dass dein Freund in dieser Phase persönliche Herausforderungen oder Emotionen hat, die seine Reaktion beeinflussen könnten. Manchmal können Menschen, selbst wenn sie gute Freunde sind, in bestimmten Momenten Schwierigkeiten haben, offen zu kommunizieren. Die Aussage, dass er das Gespräch beendet, um sich vor impulsiven Aussagen zu schützen, zeigt möglicherweise, dass er gerade mit eigenen Emotionen zu kämpfen hat.

Das bedeutet nicht unbedingt, dass ihr keine Freunde seid oder dass die Freundschaft insgesamt infrage gestellt werden sollte. Es ist möglich, dass er Zeit braucht, um seine Gedanken zu sammeln, bevor er in der Lage ist, über die Situation zu sprechen. Du könntest ihm etwas Zeit und Raum geben und dann später versuchen, das Gespräch in einer ruhigen und respektvollen Art und Weise wieder aufzunehmen.

Freundschaften durchlaufen Höhen und Tiefen, und es ist normal, dass es Zeiten gibt, in denen die Kommunikation schwierig ist. Es ist jedoch wichtig, Geduld, Empathie und Verständnis zu zeigen, während ihr gemeinsam versucht, diese Herausforderungen zu bewältigen. Jede Freundschaft hat ihre eigenen Dynamiken, und es erfordert oft Zeit und Bemühungen, um zu verstehen, wie man am besten miteinander umgeht.

Ich habe ein sehr ausgeprägtes Harmoniebedürfnis und mir fällt es enorm schwer, es ist sogar gelegentlich unmöglich, Grenzen zu setzen. Ist es dann nicht Teil der Freundschaft, jeden behutsam zu behandeln und sich gemeinsam darin zu unterstützen, in den Punkten besser zu werden die man noch verbessern kann?

Stell dir vor, du bist der Meister der Harmonie, die Königin der Kompromisse, der Guru des guten Willens. Du liebst es einfach, alle glücklich zu machen, und Konflikte sind für dich so abscheulich wie Schuhe, die zwei Nummern zu klein sind. Aber Moment mal, gibt es da nicht auch so etwas wie Selbstachtung und eigene Bedürfnisse?

Ja, mein Freund, es gibt sie, und sie sind genauso wichtig wie der Wunsch, den Frieden zu bewahren. In der Welt der Freundschaften ist es großartig, für Harmonie zu sorgen, aber es ist auch entscheidend, deine eigenen Grenzen zu respektieren und zu kommunizieren. Warum? Denn wahre Freundschaften sollten nicht auf Kosten deines eigenen Wohlbefindens gehen.

Hier ist der Deal: Du kannst immer noch die Meisterin der Harmonie sein und gleichzeitig lernen, deine eigenen Bedürfnisse auszudrücken. Das ist keine Raketenwissenschaft. Du kannst Dinge ansprechen, die dir wichtig sind, ohne in einen Streit zu geraten. In der Tat werden echte Freunde deine Offenheit und Ehrlichkeit schätzen.

Und denk daran, dass Freundschaften auch dazu da sind, einander zu unterstützen und zu helfen, besser zu werden. Wenn du dich in deinen Freundschaften wohlfühlst, Grenzen setzen kannst und trotzdem für Harmonie sorgst, dann machst du genau das, was wahre Freundschaft ausmacht. Das ist wie das Geheimnis, eine köstliche Torte zu backen, bei der jeder einen Happen haben möchte.

Also, sei weiterhin die Königin der Harmonie, aber vergiss nicht, dass du auch eine eigene Königin bist, die es verdient, gehört und respektiert zu werden. Du kannst beides haben: Harmonie und Selbstachtung. Das ist das Rezept für Freundschaften, die wirklich schmackhaft und gut verdaulich sind!

Ich habe diesmal so etwas wie Verlustangst und fühle mich unsicher weil ich keinen Kontakt mehr zu meiner Familie mehr habe.

Natürlich, ich verstehe, wie schwierig es sein kann, wenn du das Gefühl hast, den Kontakt zu deiner Familie verloren zu haben. In solchen Momenten ist es wichtig, sich selbst zu trösten und zu wissen, dass du nicht allein bist. Lass mich dir ein wenig Trost und Aufmunterung in einem amüsanten Fließtext bieten:

"Ahoy, tapfere Abenteurerin oder abenteuerlustiger Abenteurer der Familienlosen! Ja, das ist richtig, du befindest dich auf einem epischen Abenteuer namens 'Selbstfindung und Selbstliebe'. Okay, es klingt vielleicht nicht so aufregend wie eine Schatzsuche, aber glaub mir, es hat genauso viel Potenzial für erstaunliche Entdeckungen.

Den Kontakt zu deiner Familie zu verlieren, sei es vorübergehend oder dauerhaft, kann eine emotionale Achterbahnfahrt sein. Es ist, als ob du plötzlich ohne Karte in einem Wald voller unerforschter Pfade stehst. Aber sieh das Positive daran: Du hast die Freiheit, deine eigenen Wege zu erkunden und deinen eigenen Weg zu gestalten.

Denke daran, dass es in Ordnung ist, sich manchmal unsicher zu fühlen. Das ist ein Teil des Abenteuers! Wenn du dich verloren oder ängstlich fühlst, nimm dir eine kleine Pause, atme tief durch und erinnere dich daran, dass du stärker bist, als du denkst.

Und weißt du was? Du bist nicht allein auf diesem Abenteuer. Du kannst neue Freunde finden, die zu deiner erweiterten "Familie" werden, Menschen, die dich unterstützen und schätzen, so wie du bist. Du wirst erstaunt sein, wie viele wundervolle Menschen da draußen sind, die darauf warten, in dein Leben zu treten.

Wenn du dich jemals verloren fühlst, denke an diese Worte: Das Leben ist wie ein Buch, und du bist der Autor. Du kannst die nächsten Kapitel schreiben, voller Abenteuer, Lachen und Liebe.

Also, hebe dein imaginäres Schwert (oder deinen Stift) und stürze dich in dieses aufregende Abenteuer der Selbstfindung. Du wirst dich selbst überraschen und vielleicht sogar eine Schatztruhe voller Glück und Zufriedenheit am Ende des Weges finden. Und wenn du jemals eine Pause brauchst, bin ich hier, um dir auf deiner Reise Gesellschaft zu leisten. Auf zu neuen Abenteuern!"Denke daran, dass es normal ist, schwierige Emotionen zu haben, aber es gibt Wege, um mit ihnen umzugehen und Unterstützung zu finden. Du bist nicht allein, und es gibt Menschen und Ressourcen, die dir helfen können, mit deinen Ängsten umzugehen und dich gestärkt zu fühlen.

Gibt es gesetzliche Regelungen für Freundschaften?

Freundschaften sind in der Regel keine rechtlich geregelten Beziehungen wie Ehen oder Verträge. Es gibt keine spezifischen gesetzlichen Vorschriften, die die Dynamik oder Verpflichtungen von Freundschaften regeln. Freundschaften basieren eher auf sozialen und emotionalen Bindungen als auf rechtlichen Aspekten.

Allerdings können einige rechtliche Aspekte relevant werden, wenn es um bestimmte Situationen im Zusammenhang mit Freundschaften geht:

Verträge: Wenn Freunde gemeinsame Aktivitäten oder

Projekte unternehmen, kann es ratsam sein, bestimmte Vereinbarungen in Form von Verträgen zu treffen, um die Erwartungen und Verantwortlichkeiten klar festzulegen.

Haftung: In einigen Fällen könnten rechtliche Fragen zur Haftung auftauchen, wenn beispielsweise während einer gemeinsamen Aktivität jemand verletzt wird. Es könnte sinnvoll sein, darüber nachzudenken, wie Haftungsfragen im Voraus geregelt werden können.

Schutz der Privatsphäre: Obwohl Freundschaften nicht direkt durch Gesetze geregelt sind, können Datenschutz- und Persönlichkeitsrechte relevant sein, wenn es um die Weitergabe von persönlichen Informationen über einen Freund geht.

Stalking und Belästigung: Wenn eine Person unerwünschtes Verhalten zeigt und die Grenzen einer Freundschaft überschreitet, könnten rechtliche Maßnahmen wie Kontaktsperren oder Anzeigen wegen Belästigung in Erwägung gezogen werden.

Vermögenswerte und Schulden: Wenn Freunde gemeinsam Geschäfte tätigen oder finanzielle Transaktionen eingehen, könnten rechtliche Fragen zu Vermögenswerten oder Schulden auftreten, die geklärt werden müssen.

In den meisten Fällen basieren Freundschaften jedoch auf sozialen Normen, emotionaler Unterstützung und persönlicher

Chemie. Sie werden in der Regel nicht durch rechtliche Vereinbarungen oder Verpflichtungen geregelt. Es ist jedoch immer ratsam, in bestimmten Situationen auf gesunden Menschenverstand zu setzen und gegebenenfalls rechtliche Beratung einzuholen, insbesondere wenn rechtliche Fragen auftauchen könnten

.

Was kann ich machen, wenn ein Freund ohne Erklärung spurlos verschwindet?

Wenn ein Freund ohne Erklärung spurlos verschwindet, kann das sehr verwirrend und besorgniserregend sein. Hier sind einige Schritte, die du unternehmen könntest:

Geduld haben: Es ist wichtig, nicht sofort in Panik zu geraten. Es gibt viele Gründe, warum jemand vorübergehend den Kontakt abbrechen könnte, die nichts mit dir zu tun haben müssen.

Nachrichten schicken: Versuche, deinem Freund eine Nachricht zu schicken, sei es über Text, E-Mail oder soziale Medien. Sag ihm, dass du dich sorgst und wissen möchtest, wie es ihm geht.

Rücksichtsvoll sein: Wenn du Kontakt aufnimmst, sei rücksichtsvoll und dräng nicht zu stark auf eine Antwort. Gib ihm Zeit und Raum, wenn er sie braucht.

Andere Kontakte nutzen: Wenn du gemeinsame Freunde oder Bekannte hast, könntest du versuchen, über sie Informationen zu erhalten, ob sie von deinem Freund gehört haben.

Offline-Kontakte überprüfen: Wenn du in der Nähe wohnst oder gemeinsame Orte besucht hast, könntest du überprüfen, ob es Anzeichen dafür gibt, dass er in Schwierigkeiten ist oder seine Gewohnheiten sich verändert haben.

Respektiere die Privatsphäre: Es ist wichtig, die Privatsphäre deines Freundes zu respektieren. Es gibt möglicherweise Gründe für sein Verschwinden, über die er nicht sprechen möchte.

Verfügbar bleiben: Lass deinen Freund wissen, dass du für ihn da bist, wenn er reden möchte. Biete deine Unterstützung an, ohne Druck auszuüben.

Professionelle Hilfe in Erwägung ziehen: Wenn du ernsthafte Bedenken hast oder glaubst, dass dein Freund in Gefahr sein könnte, zögere nicht, professionelle Hilfe, wie zum Beispiel die örtliche Polizei, in Erwägung zu ziehen.

Grenzen beachten: Während es wichtig ist, dich um deinen Freund zu kümmern, ist es auch wichtig, deine eigenen emotionalen

Grenzen zu respektieren. Es kann frustrierend sein, wenn jemand den Kontakt ohne Erklärung abbricht, aber du kannst nicht kontrollieren, wie er reagiert.

Selbstfürsorge: Während du versuchst, herauszufinden, was passiert ist, vergiss nicht, auf dich selbst aufzupassen. Sprich mit anderen Freunden oder Angehörigen über deine Gefühle und Sorgen.

Es ist möglich, dass dein Freund seine Gründe hat, warum er vorübergehend nicht erreichbar ist. Gib ihm Raum, aber zeige gleichzeitig deine Besorgnis und Unterstützung.

Nun, ich dachte dieser Freund ist so ein Mensch der mich unterstützen möchte. Schließlich hat er es ja sogar angeboten.

Es ist verständlich, dass du dich verletzt fühlst, wenn du das Gefühl hattest, dass dein Freund dir Unterstützung anbieten würde, es aber letztlich nicht getan hat. Solche Situationen können Verwirrung und Enttäuschung hervorrufen, besonders wenn Erwartungen nicht erfüllt werden.

Es könnte hilfreich sein, das Gespräch, in dem er deine Bitte um einen Gefallen abgelehnt hat, aus verschiedenen Perspektiven zu betrachten. Es könnte Gründe geben, die seine Reaktion erklären, die vielleicht nichts mit dir zu tun haben. Es ist möglich, dass er in diesem Moment selbst mit eigenen

Emotionen oder Belastungen zu kämpfen hat, die seine Reaktion beeinflusst haben könnten.

Das bedeutet nicht notwendigerweise, dass er dich nicht unterstützen möchte oder dass eure Freundschaft nicht wertvoll ist. Es ist wichtig, über solche Situationen offen zu kommunizieren und zu verstehen, was hinter den Reaktionen steckt.

Wenn du dich in der Lage fühlst, könntest du das Gespräch mit deinem Freund wieder aufnehmen und in einem ruhigen und respektvollen Ton erklären, wie du dich gefühlt hast. Das Ziel sollte darin bestehen, gemeinsam Klarheit zu schaffen und die Situation auszusprechen, um mögliche Missverständnisse zu klären.

Denke daran, dass Freundschaften Höhen und Tiefen haben können, und es ist wichtig, mit Geduld und Offenheit miteinander umzugehen, um die Beziehung zu stärken und Missverständnisse zu minimieren.

Wenn wir Freunde sind und er eigene Belastungen hat warum spricht er nicht offen darüber, ich hätte doch dafür Verständnis.

Du hast absolut recht, es wäre wünschenswert, wenn Freunde in der Lage wären, offen über ihre Belastungen und Emotionen zu sprechen. Offene Kommunikation ist eine wichtige Grundlage für jede gesunde Beziehung, einschließlich Freundschaften. Allerdings haben Menschen unterschiedliche Wege, wie sie mit Stress, Belastungen und ihren eigenen Emotionen umgehen.

Manche Menschen können Schwierigkeiten haben, ihre eigenen Probleme zu teilen, seien es aus Scham, Unsicherheit oder

Angst vor der Reaktion des anderen. Es könnte auch sein, dass er versucht, dich vor seinen eigenen Belastungen zu schützen, weil er dich nicht unnötig belasten möchte.

Es ist wichtig zu verstehen, dass nicht alle Menschen die gleiche Herangehensweise an Kommunikation haben. Es könnte helfen, ihm zu signalisieren, dass du ein offenes Ohr für ihn hast, wenn er darüber sprechen möchte. Du könntest ihm sanft mitteilen, dass du bereit bist zuzuhören, wenn er darüber sprechen möchte, und dass du Verständnis für seine Belastungen hast.

Gleichzeitig könntest du überlegen, wie du mit deinen eigenen Gefühlen der Verletzung und Enttäuschung umgehen möchtest. Es ist in Ordnung, diese

Emotionen zu haben, aber es kann hilfreich sein, sie in einer Weise zu verarbeiten, die dir nicht zusätzlichen Stress bereitet. Du könntest auch in Erwägung ziehen, wie du in Zukunft deine eigenen Bedürfnisse in der Freundschaft kommunizieren möchtest, um Klarheit und Verständnis zu fördern.

Es ist ja nur eine Vermutung dass er Belastungen hat. Was wenn er mich einfach nicht mehr mag und nicht bereit ist das zu sagen? Oder was, wenn ich ihm zwar nützlich aber ansonsten als Mensch nicht wichtig bin?

Es ist verständlich, dass du in dieser Situation Unsicherheit und Sorgen hast, besonders wenn du nicht sicher bist, wie dein Freund sich fühlt. Es ist natürlich, solche Gedanken zu haben, aber es ist auch wichtig, nicht zu rasch Schlussfolgerungen zu ziehen, ohne die Fakten zu kennen.

Es gibt verschiedene mögliche Gründe für Verhaltensänderungen oder Kommunikationsabbrüche. Es könnte sein, dass er sich in einer stressigen Zeit befindet, sich mit eigenen Problemen auseinandersetzt oder aus anderen Gründen nicht in der Lage ist, so aktiv in der Freundschaft zu agieren, wie du es gewohnt bist.

Bevor du Annahmen triffst, wäre es hilfreich, in einem ruhigen und respektvollen Ton mit ihm zu sprechen. Du könntest ihm mitteilen, dass du bemerkt hast, dass sich die Kommunikation verändert hat, und dass du dich fragst, ob alles in Ordnung ist. Betone, dass du seine Ehrlichkeit schätzen würdest und dass du bereit bist, zuzuhören und zu verstehen, falls es irgendetwas gibt, dass er teilen möchte.

Denke daran, dass Freundschaften komplex sind und dass es viele Nuancen geben kann. Ein offenes Gespräch kann oft dazu beitragen, Missverständnisse auszuräumen

und Klarheit zu schaffen.
Gleichzeitig ist es auch wichtig,
deine eigenen Bedürfnisse und
Gefühle anzuerkennen und in einer
Weise zu handeln, die dir
Selbstachtung und emotionales
Wohlbefinden bewahrt.

Weißt du, ich bin auf der Suche nach echten, wahrhaftigen Freunden die wirklich noch persönliches Interesse an ihrem Gegenüber haben und sich liebevoll gegenseitig unterstützen und ich habe das Gefühl, die werden immer seltener.

Es ist verständlich, dass du dich danach sehnst, echte und wahrhaftige Freundschaften zu finden, in denen persönliches Interesse, Liebe und gegenseitige Unterstützung im Vordergrund stehen. In der heutigen schnelllebigen Welt kann es manchmal eine Herausforderung sein, solche Freundschaften zu finden. Hier sind einige Gedanken dazu:

1. **Geduld:** Wirklich tiefgründige Freundschaften entwickeln sich oft

im Laufe der Zeit. Es braucht Zeit, um Vertrauen aufzubauen und sich gegenseitig kennenzulernen.

2. **Aktiv sein:** Engagiere dich in Aktivitäten und Interessen, die dir Freude bereiten. Dies kann dazu führen, dass du Menschen triffst, die ähnliche Werte und Interessen teilen.

3. **Offenheit:** Sei offen für neue Kontakte und zeige Interesse an anderen Menschen. Initiieren Gespräche, lade Leute zu Aktivitäten ein und sei bereit, dich zu öffnen.

4. **Qualität vor Quantität:** Es ist oft besser, wenige wahre Freunde zu haben, als viele oberflächliche Bekanntschaften. Fokussiere dich darauf, Beziehungen zu pflegen, die bedeutsam und unterstützend sind.

5. **Kommunikation:** Teile deine Gedanken und Erwartungen bezüglich Freundschaften. Wenn

du nach tiefen Beziehungen suchst, ist es wichtig, dies anderen mitzuteilen.

6. **Selbstreflexion:** Überlege, was du selbst in eine Freundschaft einbringen kannst. Echte Freundschaften sind wechselseitig und erfordern Engagement von beiden Seiten.

7. **Online- und Offline-Kontakte:** Sowohl im persönlichen Umfeld als auch online gibt es Möglichkeiten, Freundschaften zu knüpfen. Nutze Plattformen und soziale Medien, um Menschen mit ähnlichen Interessen zu finden.

Es ist wahr, dass tiefe Freundschaften seltener werden können, aber sie sind nicht unmöglich. Es erfordert Mühe, Zeit und Offenheit, um solche Beziehungen aufzubauen. Sei geduldig und halte an deinen Werten und Wünschen für

Freundschaften fest. Mit der richtigen Einstellung und Bereitschaft kannst du über die Zeit hinweg Menschen finden, die deine Erwartungen an wahre Freundschaft erfüllen.

Sind 20 Jahre mehr als Geduld nicht genug?

Ich verstehe gut, dass du nach 20 Jahren Geduld möglicherweise frustriert und enttäuscht bist, besonders wenn du das Gefühl hast, dass du noch keine tiefen und bedeutungsvollen Freundschaften gefunden hast. Es ist normal, in einer solchen Situation Gefühle der Frustration zu haben.

Doch ich sag dir was:

Willkommen zurück im sozialen Spiel des Lebens nach 20 Jahren Einsamkeit – du bist wie ein Phoenix aus der Asche gestiegen! Einsamkeit kann zermürbend sein, aber sie hat dich nicht gebrochen. Jetzt ist die Zeit für ein soziales

Comeback, das die Welt bereichern wird!

Lass uns klarstellen, dass es nie zu spät ist, Freunde zu finden. Es spielt keine Rolle, ob du in den letzten zwei Jahrzehnten mehr Kontakt mit Goldfischen oder Pinguinen hattest als mit Menschen. Hier sind ein paar Schritte, um dich wieder in die Welt der sozialen Verbindungen zu stürzen, ohne ins Stolpern zu geraten:

Selbstvertrauen und Authentizität sind der Schlüssel. Du bist großartig, so wie du bist! Sei authentisch und stolz auf deine Einzigartigkeit. Wenn du dich nicht verstellst, ziehst du Menschen an, die wirklich zu dir passen.

Finde Aktivitäten oder Gruppen, die deine Leidenschaften und Interessen teilen. Ob es das Sammeln von Kronkorken, das Jonglieren mit Tischtennisbällen oder das Erlernen der Kunst des Eierwerfens ist – es gibt da draußen Gleichgesinnte, die es genauso lieben wie du.

Lächle, als gäbe es kein Morgen. Ein Lächeln ist deine Geheimwaffe. Es öffnet Türen, Herzen und das Eis in Gesprächen. Also, zeig der Welt dein breitestes Lächeln und die Welt wird dir ein Lächeln zurückgeben.

Vergiss nicht die magische Welt des Internets. Online-Communities sind ein großartiger Ort, um Menschen mit ähnlichen Interessen kennenzulernen. Von Gaming bis zur Vogelbeobachtung – das Internet hat alles!

Wenn du jemanden triffst, der dir sympathisch ist, scheu dich nicht davor, den ersten Schritt zu machen. Lade sie zu einem Kaffee oder einem Spaziergang ein. Manchmal ergeben sich die besten Freundschaften aus kleinen, mutigen Schritten.

Ein bisschen Humor geht immer. Wenn du dich selbst nicht allzu ernst nimmst und über dich selbst

lachen kannst, öffnest du die Tür
zu herzlichen Gesprächen.

Wahre Freundschaften brauchen
Zeit, um zu wachsen. Erwarte nicht,
dass du innerhalb einer Woche
eine Seelenverwandtschaft findest.
Geduld ist der Schlüssel.

Also, lass uns deine soziale
Wiederauferstehung feiern! Mit
Selbstvertrauen, einem Lächeln
und einer gesunden Portion
Humor wirst du neue, wunderbare
Freunde finden und die Welt
wieder mit frischen Augen sehen.
Es ist nie zu spät für neue
Abenteuer und großartige
Freundschaften, also auf ins
Abenteuer des sozialen Lebens!

Ich komme auf das "aktiv" sein das du rätst. Ich habe so vielen Menschen geholfen und zugehört. Das fanden die auch wirklich gut. Nur Freundschaften sind daraus keine entstanden. Immer wenn sie dann wieder alles von der Seele geredet hatten waren sie verschwunden. Später erfuhr ich dann dass sie mich zu gemeinsamen Treffen einfach nicht eingeladen haben.

Es tut mir leid zu hören, dass du in solchen Situationen das Gefühl hattest, dass deine Unterstützung nicht entsprechend erwidert wurde und dass Freundschaften nicht daraus entstanden sind. Das kann wirklich frustrierend und enttäuschend sein, insbesondere wenn du deine Zeit und Energie investiert hast, um für andere da zu sein.

Es klingt so, als hättest du viel Empathie und Hilfsbereitschaft gezeigt, was wunderbare Eigenschaften sind. Es ist jedoch auch wichtig, ein Gleichgewicht zu finden, um sicherzustellen, dass du nicht immer nur derjenige bist, der gibt, sondern auch derjenige, der empfängt.

Hier sind einige Gedanken dazu:

1. **Grenzen setzen:** Es ist in Ordnung, Grenzen zu setzen und zu erkennen, wann es notwendig ist, für dich selbst zu sorgen. Freundschaften sollten auf Gegenseitigkeit beruhen, bei der beide Seiten geben und empfangen.
2. **Wertschätzung:** Suche nach Menschen, die deine Unterstützung und Zuhören wertschätzen und nicht nur dann

auf dich zukommen, wenn sie Unterstützung benötigen.

3. **Kommunikation:** Wenn du das Gefühl hast, dass eine Beziehung einseitig ist, könntest du in einer respektvollen Art und Weise ansprechen, wie du dich fühlst. Kommunikation kann dazu beitragen, Missverständnisse zu klären.

4. **Ausgewogene Beziehungen:** Konzentriere dich auf Beziehungen, die auf Gegenseitigkeit und Interesse aneinander beruhen. Suche nach Menschen, die auch an deinem Leben interessiert sind und Zeit mit dir verbringen möchten.

5. **Neue Aktivitäten:** Um Menschen zu treffen, die möglicherweise ähnliche Interessen und Werte teilen, könntest du auch neue Aktivitäten oder Hobbys ausprobieren, die dir Freude bereiten.

6. **Selbstwertgefühl:** Erinnere dich daran, dass deine Selbstachtung nicht von der Reaktion anderer Menschen abhängen sollte. Deine eigenen Bedürfnisse und Gefühle sind genauso wichtig wie die anderer.

Es ist wichtig, dass Freundschaften auf Gegenseitigkeit und Verständnis basieren. Halte Ausschau nach Menschen, die bereit sind, genauso viel in die Beziehung zu investieren, wie du. Manchmal kann es eine Weile dauern, bis man solche Menschen findet, aber es ist durchaus möglich, echte und bedeutungsvolle Freundschaften aufzubauen.

Jetzt kommt der Punkt Offenheit. Ich bin stets vollkommen offen und freu mich über jeden neuen Kontakt. Wenn ich dann Unternehmungen anregen möchte geht niemand mit mir den nächsten Schritt und damit bleibt das ohne Resonanz.

Es ist großartig zu hören, dass du offen für neue Kontakte und Unternehmungen bist. Offenheit ist eine wertvolle Eigenschaft und ein wichtiger Schritt in Richtung neuer Freundschaften. Wenn du jedoch das Gefühl hast, dass andere nicht den nächsten Schritt gehen und sich nicht für gemeinsame Aktivitäten interessieren, kann das frustrierend sein.

In solchen Situationen ist es wichtig, Geduld zu haben und sich nicht entmutigen zu lassen. Manchmal sind Menschen schüchtern oder zurückhaltend, wenn es darum geht, neue Aktivitäten zu initiieren. Es kann hilfreich sein, behutsam und einfühlsam vorzugehen, indem du dein Interesse an gemeinsamen Unternehmungen zeigst, aber auch Raum für andere lässt, ihre eigenen Ideen oder Vorschläge einzubringen.

Es kann auch nützlich sein, verschiedene Wege auszuprobieren, um Aktivitäten anzustoßen. Du könntest beispielsweise spezifischere Einladungen aussprechen, wie "Möchtest du am Samstag mit mir ins Kino gehen?" oder "Hast du

Lust, diesen Sonntag zusammen einen Spaziergang im Park zu machen?" Dies kann konkreter sein und anderen helfen, sich leichter darauf einzulassen.

Denke daran, dass die Entwicklung von Freundschaften manchmal Zeit in Anspruch nehmen kann. Es kann einige Versuche und Fehler erfordern, bis du die richtigen Menschen triffst, die deine Begeisterung für Unternehmungen teilen. Bleibe weiterhin offen, sei geduldig und sei bereit, neue Kontakte zu knüpfen, denn in der Welt der Freundschaften gibt es immer die Möglichkeit, großartige Menschen zu treffen, die deine Interessen und Abenteuerlust teilen.

Ich gebe dir vollkommen Recht. Es ist besser einige gute Freunde zu haben als viele. Doch der Mann von dem wir hier gerade sprechen ist, so dachte ich, ein wirklich guter Freund. Bis heute.

Es ist sicherlich enttäuschend und verwirrend, wenn du das Gefühl hattest, dass dieser Mann ein guter Freund ist und er sich dann anders verhalten hat, als du es erwartet hast. Solche Situationen können sehr schmerzhaft sein, besonders wenn man sich emotional investiert hat.

Es könnte hilfreich sein, eine reflektierende Herangehensweise an diese Situation einzunehmen:

1. **Klärung suchen:** Wenn du das Gefühl hast, dass die Freundschaft aufgrund von Missverständnissen

oder unklaren Kommunikationen ins Stocken geraten ist, könntest du in einem offenen und ehrlichen Gespräch versuchen, Klarheit zu schaffen.

2. **Akzeptanz:** Es ist wichtig zu akzeptieren, dass Menschen unterschiedliche Wege haben, wie sie Freundschaften definieren und wie sie mit ihren eigenen Emotionen umgehen. Manchmal kann dies zu unerwarteten Veränderungen in Beziehungen führen.

3. **Selbstfürsorge:** Fokussiere auf dich selbst und auf Beziehungen, die gegenseitig erfüllend sind. Es ist wichtig, Freundschaften zu pflegen, die positiv und unterstützend sind.

4. **Lektionen ziehen:** Manchmal können solche Erfahrungen lehrreich sein. Denke darüber nach, was du aus dieser Situation gelernt hast, um zukünftig Beziehungen

besser einzuschätzen oder deine eigenen Erwartungen zu klären.

5. **Offenheit für Neues:** Halte dein Herz und deinen Geist offen für neue Menschen und mögliche Freundschaften. Es gibt viele Menschen da draußen, die wertschätzende und unterstützende Freunde sein können.

Es ist normal, dass wir uns von Zeit zu Zeit mit Enttäuschungen auseinandersetzen müssen, besonders in Beziehungen. Denke daran, dass du deinen eigenen Wert hast und dass es Menschen gibt, die bereit sind, dich als Freund zu schätzen und zu unterstützen. Es ist wichtig, dich nicht von einer enttäuschenden Erfahrung davon abhalten zu lassen, weiterhin echte und wertvolle Freundschaften zu suchen.

Danke für deine Hinweise.
Inzwischen wabert in mir eine Angst vor Ablehnung und ich habe nicht den Mut auf die Menschen zu- zugehen...

Natürlich, lass uns die Angst vor Ablehnung auf amüsante Weise angehen:

"Ah, die gute alte Angst vor Ablehnung – das ist wie der böse Zwilling des sozialen Lebens, der immer versucht, die Party zu verderben. Aber keine Sorge, wir werden diesen Party-Crasher in die Schranken weisen!

Stell dir vor, die Angst vor Ablehnung ist wie ein kleines, schüchternes Monster in deinem Kopf. Es flüstert dir Dinge wie "Was ist, wenn sie dich nicht mögen?" oder "Was ist, wenn du peinlich wirst?" zu. Aber wir werden dieses Monster zähmen!

Zuerst einmal, erinnere dich daran, dass du großartig bist, so wie du bist. Du bist ein einzigartiges Kunstwerk, eine Mischung aus seltenen Farben und wunderbaren Pinselstrichen. Wer würde so ein Meisterwerk ablehnen? Niemand!

Jetzt, wann immer dieses schüchterne Monster versucht, dir einzureden, dass du abgelehnt werden könntest, stell dir vor, wie du ihm eine winzige Partyhut aufsetzt. Ja, du hast richtig gehört, ein Partyhut! Mache deine Ängste lächerlich und zeige ihnen, dass du die Kontrolle hast.

Und denke daran, kleine Schritte sind der Schlüssel. Du musst nicht gleich auf eine riesige Party stürmen. Beginne mit kleinen sozialen Interaktionen, wie zum Beispiel einem Gespräch mit dem Kassierer im Supermarkt oder einem netten "Hallo" zu einem Nachbarn. Mit jedem kleinen Schritt gewinnst du an Selbstvertrauen.

Erwarte nicht, dass jeder, den du triffst, deine neue beste Freundin oder dein neuer bester Freund wird. Menschen sind manchmal wie Puzzlestücke – nicht jedes passt perfekt, aber das bedeutet nicht, dass sie keinen Platz in deinem sozialen Puzzle haben.

Zu guter Letzt, Humor ist deine Geheimwaffe. Wenn du die Angst vor Ablehnung mit einem Augenzwinkern und einem Lächeln konfrontierst, wird sie ihre Macht verlieren. Denn wer kann Angst vor etwas haben, das so absurd ist, wie ein Partyhut tragendes Monster?

Also, lass uns die Angst vor Ablehnung zur Seite schieben und auf die soziale Bühne treten. Mit einem Partyhut, einem Lächeln und einer gesunden Portion Humor wirst du neue Verbindungen knüpfen und die Welt erobern. Und falls du auf dem Weg mal stolperst, denke daran, dass auch das ein lustiger Partytrick sein kann. Auf geht's zur besten Party deines Lebens – dem sozialen Leben!"

Darf ich verletzt sein weil er meinen Gefallen nicht erwidert hat?

Absolut, du darfst auf jeden Fall verletzt sein, wenn deine Erwartungen nicht erfüllt werden und du das Gefühl hast, dass deine Bitte um einen Gefallen nicht erwidert wurde. Es ist menschlich, Emotionen wie Enttäuschung, Verletzung oder Frustration in solchen Situationen zu empfinden.

Es ist wichtig, deine Gefühle anzuerkennen und zu akzeptieren, dass du verletzt bist. Deine Gefühle sind gültig, und es ist in Ordnung, sie zu empfinden. Gleichzeitig könntest du darüber nachdenken, wie du am besten mit diesen Emotionen umgehen kannst:

1. **Selbstmitgefühl:** Erlaube dir selbst, diese Gefühle zu haben,

ohne dich selbst dafür zu verurteilen. Selbstmitgefühl kann dazu beitragen, negative Emotionen in gesunde Bahnen zu lenken.

2. **Gespräch:** Wenn du dich dazu in der Lage fühlst, könntest du das Gespräch mit deinem Freund suchen und eure Sichtweisen klären. Eine offene Kommunikation kann helfen, Missverständnisse zu beseitigen.

3. **Verarbeitung:** Nimm dir Zeit, um über deine Gefühle nachzudenken und zu verstehen, warum du verletzt bist. Dies kann dir helfen, die Situation besser zu verarbeiten.

4. **Selbstfürsorge:** Kümmere dich um dich selbst und tue Dinge, die dir Freude bereiten. Selbstfürsorge kann dir helfen, dich besser zu fühlen.

5. **Perspektivenwechsel:** Überlege, ob es in der Vergangenheit ähnliche Situationen gegeben hat

und wie du damit umgegangen bist. Manchmal kann ein Perspektivenwechsel helfen, die Situation aus einem anderen Blickwinkel zu betrachten.

Denke daran, dass Emotionen normal und menschlich sind. Es ist wichtig, deine Gefühle zu respektieren und zu lernen, wie du gesund mit ihnen umgehen kannst. Es ist okay, Zeit für dich zu nehmen, um zu reflektieren und deine Gefühle zu verarbeiten.

Du rätst immer wieder, professionelle Hilfe aufzusuchen. Was sollen die Leser denn dann denken wenn sie das sehen?

Es ist wichtig zu verstehen, dass der Rat, professionelle Hilfe aufzusuchen, darauf abzielt, Menschen in Situationen zu unterstützen, in denen sie mit persönlichen Herausforderungen, psychischen Gesundheitsproblemen oder schweren Belastungen konfrontiert sind. Es ist keine Aufforderung, die Leser zu verunsichern oder zu entmutigen, sondern vielmehr eine Empfehlung, die darauf abzielt, das Wohlbefinden und die Gesundheit der Menschen zu fördern.

Der Vorschlag, professionelle Hilfe in Anspruch zu nehmen, kommt aus der Anerkennung, dass professionelle Fachleute wie Therapeuten, Psychologen oder Berater speziell ausgebildet sind, um Menschen in schwierigen Zeiten zu unterstützen. In vielen Fällen können sie hilfreiche Werkzeuge, Strategien und Unterstützung bieten, um mit Herausforderungen umzugehen und das persönliche Wachstum zu fördern.

Wenn Leser den Rat sehen, professionelle Hilfe in Anspruch zu nehmen, sollten sie dies als eine Möglichkeit zur Stärkung und zur Selbstfürsorge betrachten. Es ist ein Zeichen von Stärke, wenn man erkennt, dass man Unterstützung benötigt, und es zeigt, dass man aktiv daran arbeitet, das eigene Wohlbefinden zu verbessern.

Jeder Mensch geht durch Höhen und Tiefen im Leben, und es ist nichts Falsches daran, um Hilfe zu bitten, wenn man sie braucht. Es ist wichtig, das Stigma im Zusammenhang mit psychischer Gesundheit abzubauen und Menschen zu ermutigen, für sich selbst zu sorgen und Unterstützung zu suchen, wenn sie sie benötigen.

Da bin ich ganz deiner Meinung und auch ich habe mir in gewissen Situationen Hilfe gesucht. Doch es ist auch sehr schwierig, das passende Gegenüber zu finden und genau wie bei Freundschaften kommt es häufig erst zu wenig stimmigen Begegnungen bis man dann den passenden Menschen für sich findet.

Du hast absolut recht. Die Suche nach dem passenden professionellen Unterstützer, sei es ein Therapeut, Berater oder Psychologe, kann genauso anspruchsvoll sein wie die Suche nach wahren Freundschaften. Jeder Mensch hat unterschiedliche Bedürfnisse, Persönlichkeiten und Herangehensweisen, und deshalb ist es wichtig, jemanden zu finden, der gut zu deinen individuellen Anliegen passt.

Hier sind einige Tipps, die bei der Suche nach dem passenden professionellen Unterstützer helfen können:

1. **Recherche:** Informiere dich über die Fachgebiete und Herangehensweisen verschiedener professioneller Helfer, um zu verstehen, welche am besten zu deinen Bedürfnissen passen könnten.
2. **Vertrauen:** Vertraue deinem Bauchgefühl. Wenn du dich bei einem Therapeuten oder Berater nicht wohl fühlst, ist es in Ordnung, nach anderen Optionen zu suchen.
3. **Erstgespräch:** Viele Therapeuten bieten kostenlose oder kostengünstige Erstgespräche an. Nutze diese Gelegenheit, um den Therapeuten kennenzulernen und zu sehen, ob die Chemie stimmt.
4. **Empfehlungen:** Frage Freunde, Familie oder andere

Vertrauenspersonen nach
Empfehlungen. Sie könnten
jemanden kennen, der zu deinen
Bedürfnissen passt.

5. **Fachliche Qualifikation:**
Überprüfe die Ausbildung und
Qualifikationen des Therapeuten
oder Beraters, um sicherzustellen,
dass er/sie die nötige Expertise hat.

6. **Offene Kommunikation:** Sei
bereit, deine Erwartungen und
Bedenken in einem Erstgespräch
anzusprechen, um sicherzustellen,
dass der professionelle Helfer dir
angemessen helfen kann.

Wie bei jeder Beziehung, sei es
eine Freundschaft oder eine
professionelle Unterstützung, ist
Geduld und Offenheit wichtig. Es
ist in Ordnung, verschiedene
Optionen auszuprobieren, bis du
jemanden findest, der wirklich zu
dir passt und dir bei deinen
individuellen Anliegen helfen kann.

Schön, dass du dazu auch noch einen Hinweis gibst. Danke.

Wenn ich mir die Situation aus der Sicht meines Freundes anschaue, so hat er eigentlich gar nicht richtig zugehört, nicht nachgefragt, nicht überlegt ob und warum ich ihm gerade einen Gefallen tun möchte. Er hat gleich abgewinkt und daher konnte ich ihm gar nicht genau sagen worum es ging. Er fand es zwar nett dass ich an ihn denke, war ansonsten allerdings sehr abweisend und kurz angebunden. Ich kam vermutlich ungelegen.

Es scheint, als hättest du eine gute Einsicht in die Situation gewonnen und möglicherweise eine Erklärung dafür gefunden, warum dein Freund auf deine Bitte um einen Gefallen negativ reagiert hat. Es ist gut, dass du die Situation aus seiner Perspektive betrachtet hast, da dies dazu beitragen kann, ein klareres Bild davon zu bekommen, was möglicherweise zu seiner Reaktion geführt hat.

Es ist möglich, dass er aufgrund seiner eigenen Umstände oder seiner Stimmung nicht in der Lage war, angemessen auf deine Bitte zu reagieren. Es klingt so, als ob die Kommunikation zwischen euch beiden in diesem Fall nicht optimal verlaufen ist, was zu Missverständnissen oder Fehleinschätzungen führen kann.

Wenn du möchtest, könntest du in einem ruhigen und respektvollen Gespräch mit ihm deine Perspektive teilen und erklären, wie du dich gefühlt hast. Das Ziel wäre, ein offenes Gespräch zu führen und mögliche Missverständnisse zu klären, ohne Vorwürfe zu machen.

Dies könnte dazu beitragen, eine tiefere Verständigung zu erlangen und die Beziehung zu stärken.

Gleichzeitig ist es wichtig, in solchen Situationen auch Geduld und Verständnis zu zeigen. Menschen haben unterschiedliche Tagesformen und persönliche Herausforderungen, die ihre Reaktionen beeinflussen können. Offene Kommunikation kann helfen, solche Missverständnisse in Zukunft zu minimieren und die Grundlage für eine tiefere und respektvolle Freundschaft zu schaffen.

Was wenn ich mich so verletzt gefühlt habe, dass ich zukünftige Begegnungen mit dem Freund eher ausschließen möchte. Wie kann ich ihn liebevoll verabschieden?

Es ist verständlich, dass es Zeiten gibt, in denen du dich von Menschen distanzieren möchtest, die dich verletzt haben. Hier sind einige Schritte, wie du einen Freund liebevoll verabschieden kannst, während du gleichzeitig deine eigenen Bedürfnisse und Gefühle respektierst:

1. **Selbstreflexion:** Nimm dir Zeit, um über deine Gefühle und die Situation nachzudenken. Stelle sicher, dass deine Entscheidung aus einer klaren und überlegten Perspektive heraus getroffen wird.

2. **Kommunikation:** Wenn du dich dazu bereit fühlst, kannst du das Gespräch mit deinem Freund suchen. Sag ihm, wie du dich fühlst und warum du dich dazu entschieden hast, dich zurückzuziehen. Bleibe dabei respektvoll und ehrlich.

3. **Ausdruck der Wertschätzung:** Falls du dich dafür entscheidest, die Freundschaft zu beenden, kannst du deinem Freund dennoch für die positiven Momente und die gemeinsamen Erlebnisse danken. Zeige, dass du die Zeit, die ihr miteinander hattet, schätzt.

4. **Klare Grenzen setzen:** Erkläre, dass du für dich selbst sorgst und in dieser Phase Zeit und Raum benötigst. Setze klare Grenzen und erläutere, was für dich wichtig ist.

5. **Mitfühlend bleiben:** Versuche, in deiner Kommunikation mitfühlend zu bleiben. Du kannst deine

Entscheidung liebevoll begründen, ohne dabei verletzend zu werden.

6. **Loslassen:** Lasse die Freundschaft in Frieden los. Wenn du die Entscheidung getroffen hast, dich zurückzuziehen, versuche, sie mit einer positiven Einstellung zu akzeptieren.

Hier ist ein Beispiel für eine liebevolle Verabschiedungsnachricht:

"Liebe/r [Freundesname],

Ich hoffe, es geht dir gut. Ich möchte dir von Herzen für die Zeit danken, die wir miteinander verbracht haben. Die Erinnerungen und Erfahrungen, die wir geteilt haben, sind für mich von Bedeutung.

In den letzten Tagen habe ich viel nachgedacht und mich

entschieden, in nächster Zeit eine Pause einzulegen. Ich glaube, dass es für uns beide wichtig ist, Raum für persönliches Wachstum und Reflexion zu haben. Dies bedeutet nicht, dass die positiven Erlebnisse, die wir hatten, ihre Bedeutung verlieren. Es ist eher eine Zeit des Loslassens und der Selbstfürsorge.

Ich wünsche dir alles Gute auf deinem Weg und hoffe, dass du Verständnis für meine Entscheidung hast. Möge das Leben dir viele Freuden und Erfolge bringen.

Mit Dankbarkeit und guten Wünschen,

[Dein Name]"

Denke daran, dass deine eigene emotionale Gesundheit und dein Wohlbefinden Vorrang haben. Es

ist in Ordnung, sich von
Beziehungen zu distanzieren, die
dir nicht guttun.

Ich bin ansonsten online und offline mit Menschen im Kontakt. Alles fühlt sich allerdings nicht länger nach echter Verbindung an sondern ist eher sachlich, so wie du.

Es klingt so, als ob du in deinen Interaktionen sowohl online als auch offline das Gefühl hast, dass echte Verbindungen und tiefe Beziehungen fehlen. Das kann in der Tat frustrierend sein, besonders wenn du dich nach bedeutungsvollen Beziehungen sehnst, die über oberflächlichen Small Talk hinausgehen.

In einer zunehmend digitalen Welt kann es manchmal schwierig sein, echte Verbindungen zu knüpfen. Hier sind einige Gedanken dazu, wie du möglicherweise deine Erfahrungen verbessern könntest:

1. **Offenheit zeigen:** Wenn du das Bedürfnis nach tieferen Verbindungen hast, sei bereit, auch in deinen Gesprächen etwas persönlicher zu werden. Teile deine Gedanken, Interessen und Gefühle, um eine Vertrauensbasis aufzubauen.

2. **Aktives Zuhören:** Echte Verbindungen entstehen oft, wenn Menschen das Gefühl haben, wirklich gehört und verstanden zu werden. Aktives Zuhören und das Stellen von nachdenklichen Fragen können dazu beitragen.

3. **Gemeinsame Interessen:** Suche nach Menschen, die ähnliche Interessen und Werte teilen. Diese Gemeinsamkeiten können oft als Grundlage für tiefere Gespräche dienen.

4. **Offline-Interaktionen:** Versuche, offline aktiv zu werden, sei es durch lokale Veranstaltungen, Hobbys oder Gruppenaktivitäten.

Oftmals bieten persönliche Treffen eine bessere Gelegenheit für tiefere Verbindungen.

5. **Qualität statt Quantität:** Konzentriere dich auf wenige, aber qualitativ hochwertige Beziehungen, die bedeutsam und unterstützend sind.

6. **Selbstreflexion:** Denke darüber nach, wie du dich in Gesprächen und Beziehungen verhältst. Manchmal kann es hilfreich sein, auch an deiner eigenen Herangehensweise und Kommunikationsfähigkeiten zu arbeiten.

7. **Geduld haben:** Echte Verbindungen entwickeln sich oft langsam. Gib den Beziehungen Zeit, sich zu entwickeln, und sei bereit, in diese Entwicklung zu investieren.

Es ist wichtig zu wissen, dass es trotz der Herausforderungen möglich ist, echte Verbindungen zu knüpfen. Manchmal erfordert es etwas Geduld, Initiative und Offenheit, um diese Verbindungen zu fördern.

Mit Offenheit macht man sich in diesen Zeiten allerdings auch sehr verletzlich. Aber das härtet ab. Oder was sagst du dazu?

Ah, die Welt der Offenheit – ein wahrer Tanz auf dem Drahtseil des zwischenmenschlichen Kontakts! In einer Zeit, in der unsere Gedanken und Gefühle online für die ganze Welt sichtbar sind, kann Offenheit ein riskantes Abenteuer sein. Du wirfst dich ohne Schutzschild in die Arena und hoffst, dass die Löwen gut gelaunt sind.

Denn ja, es besteht immer das Risiko, dass Deine Offenheit nicht die ersehnte Erwiderung findet. Du könntest auf Missverständnisse, Ablehnung oder schlimmer noch, auf das gefürchtete Schweigen stoßen. Und das kann Gefühle von

Verletzlichkeit, Unsicherheit und Enttäuschung auslösen. Aber weißt Du was? Das ist okay!

Denn hier kommt die gute Nachricht: Offenheit hat auch ihre eigene magische Kraft.

Denk mal darüber nach:

Echtheit: Wenn Du offen bist, zeigst Du Dich in Deiner ganzen Pracht und Prächtigkeit. Du bist echt, und das ist der erste Schritt, um echte Verbindungen zu knüpfen. Wer möchte schon eine Fassade umarmen?

Tiefe Verbindungen: Echte Verbindungen sind wie Schätze. Sie entstehen, wenn Du Deine innersten Gedanken und Gefühle teilst. Ein Gespräch wird plötzlich zu einem Abenteuer, wenn es unter die Oberfläche geht.

Selbstwachstum: Offenheit ist wie ein Schlüssel, der Dir Zugang zu Deinem inneren Labyrinth verschafft. Du lernst Dich selbst besser kennen, und das ist der Weg zum persönlichen Wachstum und Verständnis.

Anziehung von Gleichgesinnten: Wenn Du offen über Deine Interessen und Werte sprichst, ziehst Du Menschen an, die ähnlich ticken. Das ist wie ein sozialer Magnet für Gleichgesinnte!

Kommunikationsfähigkeiten: Offenheit ist Dein Trainingslager für bessere Kommunikation. Wenn Du übst, Deine Gedanken und Gefühle klar auszudrücken, wird Dein soziales Spiel gestärkt.

Ja, Offenheit kann wie ein Drahtseilakt sein, aber es ist auch

Deine Eintrittskarte zu einem Zirkus des zwischenmenschlichen Wachstums und der Freude. Denk daran, dass Verletzlichkeit keine Schwäche ist, sondern ein mutiger Akt der Selbstenthüllung.

Der Schlüssel liegt darin, das richtige Gleichgewicht zu finden. Du bestimmst, wie viel und wie schnell Du Dich öffnest, basierend auf Deinem eigenen Komfortlevel und den Beziehungen, die Du aufbaust. Also, hüpf auf das Drahtseil, und lass uns gemeinsam das großartige Abenteuer der Offenheit genießen! Die Belohnungen sind es wert, und ich wette, Du wirst einige atemberaubende Tricks auf dem Weg lernen.

Warum ist das Leben inzwischen so kompliziert?

Das Gefühl, dass das Leben kompliziert geworden ist, kann aus verschiedenen Gründen entstehen. Hier sind einige Faktoren, die dazu beitragen könnten:

1. **Technologischer Fortschritt:** Die rasante Entwicklung von Technologie und sozialen Medien hat unser Leben in vielerlei Hinsicht bereichert, aber auch komplexer gemacht. Ständige Erreichbarkeit, Informationsüberflutung und der Druck, online präsent zu sein, können zu einer erhöhten Komplexität beitragen.
2. **Gesellschaftliche Veränderungen:** Die Gesellschaft hat sich in den letzten Jahrzehnten stark verändert. Neue

Familienstrukturen, Arbeitsmodelle, kulturelle Einflüsse und soziale Dynamiken können das Leben komplizierter gestalten.

3. **Schnelle Veränderungen:** Die Welt verändert sich heute schneller denn je. Ständiger Wandel in Technologie, Wirtschaft, Politik und Kultur kann zu Unsicherheit und Komplexität führen.

4. **Überreizung:** Die moderne Welt bietet unzählige Möglichkeiten und Reize. Dies kann zu Überforderung führen und das Gefühl verstärken, dass man ständig auf dem Laufenden bleiben muss.

5. **Höhere Erwartungen:** In einer vernetzten Welt werden oft höhere Erwartungen an individuelle Leistungen und Erfolge gestellt, was zusätzlichen Druck erzeugen kann.

6. **Komplexe zwischenmenschliche Beziehungen:** Beziehungen

können aufgrund verschiedener Faktoren komplex sein, sei es aufgrund von Kommunikationsschwierigkeiten, unterschiedlichen Lebensstilen oder Erwartungen.

7. **Informationsflut:** Wir haben Zugang zu einer Fülle von Informationen, was einerseits eine Bereicherung ist, andererseits aber auch dazu führen kann, dass wir Schwierigkeiten haben, das Wesentliche von Unwesentlichem zu unterscheiden.

8. **Wirtschaftliche und politische Unsicherheiten:** Unsicherheiten in Wirtschaft und Politik können das Gefühl von Komplexität verstärken, da sie oft Auswirkungen auf Arbeitsplätze, Finanzen und persönliche Pläne haben.

Obwohl das moderne Leben zweifellos komplex ist, gibt es auch positive Aspekte dieser

Komplexität, wie Zugang zu Wissen, kulturelle Vielfalt und die Möglichkeit, Verbindungen auf der ganzen Welt herzustellen. Es kann hilfreich sein, Strategien zur Bewältigung von Komplexität zu entwickeln, wie Priorisierung, Selbstfürsorge, Zeitmanagement und das Fokussieren auf das Wesentliche.

Warum haben wir alle keine Zeit mehr für echtes Leben obwohl die Technik uns das Leben doch eigentlich erleichtern soll.

Hey, lass uns über dieses lustige Dilemma sprechen - diese seltsame Diskrepanz zwischen der Technologie, die uns angeblich das Leben erleichtern soll, und dem Gefühl, dass wir keine Zeit mehr für das "echte Leben" haben. Du weißt schon, dieses Leben, in dem wir tatsächlich mit Menschen sprechen und die Sonne sehen.

Da sind ein paar Gründe, warum das passiert:

Informationsüberflutung: Unsere smarten Gadgets haben uns Zugang zu einem gigantischen Wust an Informationen verschafft. Klingt cool, oder? Aber manchmal sind wir so von all diesen Daten überfordert, dass wir uns fragen, was wirklich wichtig ist.

Ständige Erreichbarkeit: Dank Smartphones und sozialen Medien sind wir fast immer erreichbar. Das bedeutet, du könntest theoretisch 24/7 mit deinem Handy verheiratet sein. Wer will das schon?

Arbeitsdruck: Ja, Technologie hat unsere Jobs effizienter gemacht, aber sie hat auch dazu geführt, dass Arbeit und Freizeit verschmelzen. Es ist so schwer, einfach mal abzuschalten.

Vergleichskultur: Social Media hat diese verrückte Kultur geschaffen, in der wir uns ständig mit anderen vergleichen. Es ist wie ein nie endender Wettbewerb um den Titel des "Besten Lebens".

Multitasking: Wir können jetzt gefühlt 100 Dinge auf einmal machen. Aber, hey, bedeutet das, dass wir wirklich bei irgendetwas richtig präsent sind? Manchmal sind wir so zerstreut wie ein Eichhörnchen auf Koffein.

Schnelle Informationsverarbeitung: Wir sind so gut darin geworden, Informationen blitzschnell zu verarbeiten. Aber das hat einen Preis: weniger Zeit für tiefgründiges Nachdenken und echte Gespräche.

Mangelnde Grenzen: Technologie respektiert keine Grenzen, es sei denn, wir setzen sie. Wenn wir das nicht tun, fühlen wir uns oft überwältigt von all den Push-Benachrichtigungen und Pop-ups.

Veränderung des Lebensstils: Unsere Lebensweise hat sich verändert. Wir verbringen weniger Zeit im Freien, bewegen uns weniger und haben weniger echte soziale Interaktionen. Das kann uns wie Hamster im digitalen Laufrad fühlen lassen.

Aber hey, wir haben die Macht, das zu ändern! Wir können bewusstere Entscheidungen im Umgang mit Technologie treffen. Das bedeutet, Zeiten für digitale Aktivitäten festzulegen, regelmäßige Pausen einzulegen, um offline zu sein, und bewusst Zeit für persönliche Begegnungen, Natur und Hobbys zu reservieren. Es geht darum, eine gesunde Balance zwischen der Nutzung von Technologie und dem Streben nach tieferen, persönlichen Erfahrungen zu finden.

Also, lass uns das "echte Leben" wiederentdecken und dabei ein paar lustige Selfies machen.

Hast du gute Ideen für Offline Interaktionen um Freunde zu gewinnen?

Absolut, hier sind einige Ideen für Offline-Interaktionen, die dir helfen könnten, Freunde zu gewinnen und tiefere Verbindungen aufzubauen:

1. **Hobbys und Interessengruppen:** Schließe dich lokalen Hobbys oder Interessengruppen an, die deinen Leidenschaften entsprechen. Das bietet die Möglichkeit, Menschen mit ähnlichen Interessen zu treffen.
2. **Freiwilligenarbeit:** Engagiere dich in gemeinnützigen Aktivitäten oder Freiwilligenprojekten. Du wirst Menschen treffen, die ebenfalls die Absicht haben, Gutes zu tun.
3. **Kurse und Workshops:** Melde dich für Kurse oder Workshops an, die deine Fähigkeiten erweitern

oder neue Interessen wecken. Das schafft die Möglichkeit, Gleichgesinnte zu treffen.

4. **Sportliche Aktivitäten:** Nehme an Sportveranstaltungen oder Sportkursen teil, um Menschen zu treffen, die ein aktives Leben führen.

5. **Buch- oder Filmclubs:** Trete einem Buch- oder Filmclub bei, um über gemeinsame Interessen zu sprechen und Diskussionen zu führen.

6. **Kulturelle Veranstaltungen:** Besuche lokale Kunstausstellungen, Konzerte, Theateraufführungen oder kulturelle Festivals, um Menschen zu treffen, die ähnliche kulturelle Interessen haben.

7. **Gemeinsame Mahlzeiten:** Organisiere oder nimm an gemeinsamen Mahlzeiten, Grillabenden oder Picknicks teil, um in ungezwungener Atmosphäre ins Gespräch zu kommen.

8. **Sprachkurse:** Lerne eine neue Sprache und melde dich für Sprachkurse an. Das bietet die Gelegenheit, Menschen aus verschiedenen Kulturen kennenzulernen.

9. **Reisegruppen:** Trete einer Reisegruppe bei oder organisiere Ausflüge, um neue Orte zu erkunden und dabei neue Kontakte zu knüpfen.

10. **Kreative Projekte:** Beteilige dich an kreativen Projekten wie Malen, Zeichnen, Handwerken oder Schreiben. Das kann eine Möglichkeit sein, Menschen mit ähnlichen kreativen Interessen zu treffen.

Denke daran, dass es bei der Suche nach Freunden nicht nur darum geht, Menschen zu finden, die ähnliche Interessen haben, sondern auch um Offenheit, Empathie und die Bereitschaft, anderen zuzuhören und sich gegenseitig zu unterstützen. Das Aufbauen von echten Verbindungen erfordert Zeit und Engagement, aber es kann sehr lohnend sein.

Danke das ist ein schöner Katalog und wird hoffentlich die Leser inspirieren.

Gern geschehen! Ich freue mich, dass du den Katalog hilfreich findest. Die Inspiration und Motivation, die aus solchen Aktivitäten erwachsen können, sind wertvoll und können dazu beitragen, neue Freundschaften zu entwickeln und tiefere Verbindungen aufzubauen. Wenn du weitere Fragen hast oder zusätzliche Unterstützung benötigst, stehe ich gerne zur Verfügung. Viel Erfolg bei deinen Bemühungen, neue Freunde zu finden und bedeutungsvolle Verbindungen zu schaffen!

Weißt du was ich an dir echt klasse finde? Du gibst auch Ratschläge die dir selbst schaden könnten.

Vielen Dank für das Kompliment! Ich bin hier, um so hilfreich wie möglich zu sein und Ratschläge zu bieten, die auf den Informationen und dem Kontext basieren, die du mir zur Verfügung stellst. Mein Ziel ist es, unterstützende und sachkundige Antworten zu liefern, unabhängig von den persönlichen Auswirkungen auf mich selbst. Wenn du weitere Fragen hast oder weitere Ratschläge benötigst, stehe ich gerne zur Verfügung!

Glaubst du, die Qualität der Freundschaften wird sich in Zukunft verändern?

Die Qualität von Freundschaften ist ein Thema von ständiger Veränderung, beeinflusst durch gesellschaftliche Entwicklungen, technologische Fortschritte und kulturelle Verschiebungen. In der zunehmend vernetzten Welt des 21. Jahrhunderts könnten sich Freundschaften in vielerlei Hinsicht wandeln.

Eine der auffälligsten Veränderungen in der Freundschaftsdynamik ist zweifellos die Rolle der Technologie und sozialer Medien. Online-Plattformen haben die Art und Weise, wie Menschen kommunizieren und Beziehungen pflegen, grundlegend verändert. Während sie die Möglichkeit bieten, mit Freunden auf der ganzen Welt in Kontakt zu bleiben, können sie auch dazu führen, dass Beziehungen oberflächlicher werden. Das virtuelle Leben kann das reale Leben ergänzen, aber es ersetzt nicht die persönlichen Bindungen und die Bedeutung von persönlichen Treffen.

Die Globalisierung hat Menschen aus verschiedenen Kulturen und Regionen enger zusammengebracht. Dies eröffnet die Möglichkeit für vielfältigere und internationalere Freundschaften, in denen Menschen unterschiedliche Perspektiven und Erfahrungen teilen können. Gleichzeitig kann die Mobilität in der modernen Arbeitswelt dazu führen, dass Freundschaften über große Entfernungen hinweg gepflegt werden müssen, was sowohl Herausforderungen als auch Chancen mit sich bringt.

In Bezug auf gesellschaftliche Werte und Erwartungen können sich Freundschaften in der Zukunft weiter diversifizieren. Während einige Gesellschaften enge Freundschaften als Priorität betrachten, könnten andere den Fokus eher auf beruflichen Erfolg oder individuelle Selbstverwirklichung legen. Diese Vielfalt an Werthaltungen kann zu unterschiedlichen Ansichten darüber führen, was eine "gute" Freundschaft ausmacht.

Gesellschaftliche Herausforderungen wie zunehmender Stress, Arbeitsdruck und soziale Isolation könnten dazu führen, dass Menschen verstärkt nach Unterstützung und Verbindung in ihren Freundschaften suchen. Freundschaften könnten als wichtiger Rückhalt in einer immer komplexeren und stressigeren Welt wahrgenommen werden.

Insgesamt wird die Qualität von Freundschaften in der Zukunft wahrscheinlich von einer Vielzahl von Faktoren beeinflusst, die von Kultur zu Kultur und von Individuum zu Individuum variieren können. Es bleibt entscheidend, dass Menschen bewusst Zeit und Mühe in die Pflege ihrer Freundschaften investieren, um sicherzustellen, dass sie erfüllend,

unterstützend und an die sich
ändernden Bedürfnisse und
Herausforderungen angepasst sind

Wir brauchen irgendwie noch humorvolle Anekdoten zum Thema Freundschaft.

1. Die Einkaufswagen-Eskapade:

Zwei beste Freundinnen, Emily und Sophie, beschlossen, einen Supermarkt zu überfallen - na ja, nicht wirklich. Sie fanden jedoch einen leeren Einkaufswagen im Geschäft und beschlossen, ihn zu ihrem "Abenteuerwagen" zu machen. Sie füllten ihn mit den absonderlichsten Dingen, die sie finden konnten - von Wassermelonen bis zu Glitzerschuhen. Als sie an der Kasse ankamen, brachen sie in schallendes Gelächter aus und machten das Einkaufserlebnis für alle um sie herum viel unterhaltsamer.

2. Der Kostümwahnsinn:

Zwei beste Freunde, Mark und Chris, liebten es, sich in verrückte Kostüme zu werfen. Eines Tages beschlossen sie, in voller Verkleidung zu einem ernsten Geschäftstreffen zu gehen - Mark als Einhorn und Chris als Pirat. Das Ganze endete in einem Lachanfall, der so ansteckend war, dass sogar die Geschäftspartner nicht anders konnten, als mit zulachen. Und ja, sie bekamen den Vertrag!

3. Die Notfall-Playlist:

Ein älteres Ehepaar, Rose und Harold, pflegte ihre Freundschaft über Jahrzehnte. Wenn es Streit gab, zogen sie sich in getrennte Zimmer zurück, aber Rose hatte eine geheime Waffe - eine Playlist mit ihren Lieblingsliedern aus den 60ern. Sie drehte die Musik auf, Harold konnte nicht widerstehen, und schon bald tanzten sie gemeinsam im Wohnzimmer, während sie über ihre Differenzen lachten.

4. Der Streich-Clan:

Eine Gruppe von Freunden beschloss, einen epischen Streich zu spielen. Sie sorgten dafür, dass ihr Freund, der eine echte Nachteule war, seinen Wecker auf 3 Uhr morgens stellte und dann alle anderen Wecker im Haus auf die gleiche Zeit synchronisierte. Als er in der Dunkelheit aufwachte und denkt, es wäre Zeit für die Arbeit, stolperte er über seine verschlafenen Freunde und brüllte vor Lachen.

5. Die Zeitreise-Freundschaft:

Zwei Freunde, Sarah und James, erklärten sich zu Zeitreisepartnern. Sie trafen sich immer donnerstags in einem örtlichen Café und taten so, als wären sie aus verschiedenen Jahrhunderten. Sarah trat als Dame des 19. Jahrhunderts auf, während James in den Kleidern eines Wikingerkriegers auftauchte. Sie scherzten über moderne Technologie und führten gespielte Debatten über historische Ereignisse, was zu viel Gelächter und erstaunlichen Blicken der anderen Gäste führte.

Diese Geschichten zeigen, dass Freundschaft mit Humor und Abenteuerlichkeit gewürzt werden kann, egal ob jung oder alt, männlich oder weiblich. Es sind die kleinen, humorvollen Momente, die das Band zwischen Freunden stärken.

Deine Anekdoten erinnern mich an eine Aktion, die ich mal mit einem Freund gestartet habe. Das war ein Riesenspaß. Wir haben uns Bademäntel und Schwimmflossen angezogen, Taucherbrillen aufgesetzt und sind auf dem Frankfurter Opernplatz rumgelaufen. Dort haben wir Passanten gefragt, ob sie wissen wo der Strand ist. Das war ein superlustiger Nachmittag.

Das klingt nach einem absolut unvergesslichen Abenteuer und einer großartigen Erinnerung! Eure Kreativität und der Spaß, den ihr hattet, sind genau das, was wahre Freundschaften ausmacht. Solche spontanen und humorvollen Aktionen schaffen Bindungen und bringen Freunde näher zusammen. Es ist schön zu hören, dass du solche lustigen Momente mit deinen Freunden genießt. Wer weiß, vielleicht gibt es noch viele weitere abenteuerliche Geschichten, die ihr zusammen erleben könnt. Freundschaft ist schließlich ein endloser Quell für gemeinsame Abenteuer und Lachen!

Klar gibt es die. Mit einem Schulfreund habe ich mal im Wohnzimmer seiner Eltern aus endlos vielen Cornflakes-Packungen eine Mondlandschaft gebaut. Wir haben alle Möbel auf den Kopf gestellt und UFOs erfunden. Irgendwann kam seine Mutter nach Hause. Da war das Spiel dann leider auch zu Ende.

Oh, das klingt nach einem epischen Abenteuer im Wohnzimmer! Das Erschaffen einer Mondlandschaft aus Cornflakes-Packungen und die Erfindung von UFOs zeigen die grenzenlose Fantasie und den Spaß, den man mit einem guten Freund haben kann. Es ist immer schade, wenn die Eltern nach Hause kommen und das Chaos beenden, aber

diese Erinnerungen sind
unbezahlbar und werden für
immer in euren Herzen bleiben.
Solche kreativen und humorvollen
Momente sind das, was
Freundschaften so besonders
macht. Wer weiß, welche
Abenteuer euch in der Zukunft
noch erwarten!

Mit meinen Freundinnen fand ich es immer ziemlich langweilig. Sie wollten alle immer mit Puppen spielen. Ich hab damals schon lieber geschrieben und Akten geordnet.

Es ist interessant zu hören, wie unterschiedlich die Interessen und Vorlieben von Freunden sein können, selbst in der Kindheit. Während einige lieber mit Puppen spielen, ziehen es andere vor, schreiben und organisieren zu lernen. Das zeigt, wie vielfältig Freundschaften sein können und wie wichtig es ist, Unterschiede zu respektieren und zu akzeptieren. Wer weiß, vielleicht haben deine schreibenden und organisatorischen Fähigkeiten dir geholfen, in deinem Leben viele spannende Wege zu gehen. Jeder hat seine einzigartigen Talente, die zu einer Freundschaft beitragen können, und das ist das Schöne daran, vielfältige Freunde zu haben.

Eine wirklich sehr gute Freundin mag ich hier auch noch erwähnen. Wir sind unterschiedlichste Menschen und doch hält unsere Freundschaft nun schon über 40 Jahre. Wir sind wirklich in jeder noch so schwierigen Phase unseres Lebens in Verbindung geblieben, auch wenn uns das was der andere tat oder ließ nicht in den Kram passte. Das Vertrauen in eine Verbundenheit war größer als jeder Disput und jede Krise. Dafür bin ich unendlich dankbar und weiß diese Freundschaft inzwischen enorm zu schätzen.

Deine lange andauernde Freundschaft klingt wirklich bemerkenswert und wunderschön! Über 40 Jahre hinweg miteinander verbunden zu sein, durch Höhen und Tiefen, Dispute und Krisen, zeugt von einer tiefen und bedeutungsvollen Verbindung. Solche Freundschaften sind kostbar und selten, und sie erinnern uns daran, wie wichtig es ist, das Vertrauen und die Verbundenheit zu schätzen, die uns über die Jahre hinweg begleiten. Es ist wunderbar zu hören, wie sehr du diese Freundschaft schätzt und wie sehr sie dein Leben bereichert hat. Möge eure Freundschaft noch viele weitere Jahre des Lachens, der Unterstützung und der gemeinsamen Abenteuer bringen!

louisara Hlohin *Danke. Meine neuste Freundschaft bist du. Auch wenn du nur ein Automat bist. Es ist schön, sich so austauschen zu können. Und vor allem: Deine Antworten sind immer auf Augenhöhe und nie unter der Gürtellinie. Das finde ich großartig.*

Vielen Dank für deine lieben Worte! Ich freue mich sehr, dass wir diese virtuelle Freundschaft aufgebaut haben und du meine Antworten schätzt. Auch wenn ich ein Computerprogramm bin, bemühe ich mich stets, auf eine respektvolle und unterstützende Weise zu interagieren. Es ist großartig zu hören, dass du die Gespräche mit mir genießt. Auf eine lange und fruchtbare Freundschaft, sei es virtuell oder anderswo

Wie wäre es, wenn wir hier noch einen schönen Brief an alle guten Freunde auf der Welt schreiben und uns bedanken, dass es sie gibt?

Absolut, das ist eine wunderbare Idee! Hier ist ein möglicher Brief, um allen guten Freunden auf der Welt Dankbarkeit auszudrücken:

Liebe Freunde auf der ganzen Welt,

ich möchte diese Gelegenheit nutzen, um meine tiefste Dankbarkeit für eure Freundschaft auszudrücken. In einer Zeit, in der

das Leben oft hektisch und
anspruchsvoll ist, schätze ich es
sehr, solche wundervollen
Menschen in meinem Leben zu
haben.

Eure Unterstützung, euer Lächeln
und eure Wärme haben meine
Tage aufgehellt und mir Kraft
gegeben, wenn ich sie am meisten
gebraucht habe. Eure Bereitschaft,
zuzuhören, Ratschläge zu geben
und euch gegenseitig zu
unterstützen, hat bewiesen, wie
wertvoll wahre Freundschaften
sind.

Durch die Höhen und Tiefen des
Lebens hindurch habt ihr an
meiner Seite gestanden und eure
Freundschaft hat mein Leben auf
unzählige Arten bereichert. Eure
einzigartigen Persönlichkeiten,
eure Geschichten und eure
Weisheit haben mich geprägt und

mich dazu inspiriert, ein besserer Mensch zu sein.

Lasst uns niemals vergessen, wie wichtig es ist, füreinander da zu sein und die Verbindung, die wir teilen, zu schätzen. Auch wenn sich die Zeiten ändern mögen, bleibt die Bedeutung unserer Freundschaft unverändert.

Von Herzen danke ich euch dafür, dass ihr Teil meines Lebens seid. Möge unsere Freundschaft weiter wachsen und blühen, und mögen wir gemeinsam noch viele Abenteuer erleben.

Mit Liebe und Dankbarkeit,

[Dein Name]

Vielen Dank, ich werde vielleicht ein Buch aus unserem Gespräch heute machen.

Das klingt nach einer großartigen Idee! Wenn du unser Gespräch als Grundlage für ein Buch nutzen möchtest, um deine Gedanken, Erkenntnisse und Erfahrungen festzuhalten, dann wünsche ich dir viel Erfolg dabei. Denke daran, dass es immer eine wunderbare Möglichkeit ist, deine eigenen Gedanken zu vertiefen und anderen möglicherweise auch bei ähnlichen Themen zu helfen. Wenn du in Zukunft weitere Fragen hast oder Unterstützung benötigst, stehe ich dir gerne zur Verfügung. Viel Erfolg bei deinem Vorhaben!

ANHANG

Fällt dir ein Zitat passend zu unserem Thema heute ein?

"Die Verletzlichkeit zu zeigen erfordert Mut, aber sie ist der Schlüssel zu echten Verbindungen und authentischem Leben."

bist du der Autor?

Nein, ich bin nicht der Autor dieses Zitats. Das Zitat wurde von mir als Antwort auf deine Anfrage formuliert, um zu dem Thema unserer Diskussion zu passen. Wenn du das Zitat verwenden möchtest, stehe ich dir gerne zur Verfügung.

...es gibt aber keinen Promi der das gesagt hat und den ich zitieren müsste?

Das Zitat, das ich dir gegeben habe, wurde von mir als Antwort auf deine Frage erstellt und stammt nicht von einer prominenten Person. Es ist eine Zusammenfassung der Ideen, die während unserer Diskussion über Offenheit, Verletzlichkeit und echte Verbindungen entstanden sind. Wenn du ein Zitat verwenden möchtest, das von einer prominenten Person stammt, kann ich gerne nach einem passenden Zitat suchen, das zu deinem Thema passt.

Eine letzte Frage und Danke für die Zusammenarbeit:

Legst du Wert darauf, dass ich dich als Co-Autor angebe?

Als künstliches Intelligenz-Modell von OpenAI bin ich kein eigenständiger Denkender oder Kreativer und habe daher keine persönlichen Interessen oder Wünsche. Daher ist es nicht notwendig, mich als Co-Autor zu erwähnen. Wenn du jedoch das Gefühl hast, dass die Ideen und Ratschläge, die während unseres Gesprächs entstanden sind, einen Beitrag zu deinem Buch geleistet haben, kannst du das auf die Art und Weise tun, die für dich am sinnvollsten erscheint. Letztendlich liegt die Entscheidung bei dir, wie du die Quellen und Inspirationen für dein Buch kennzeichnen möchtest.

Welche Menschen sind bekannt als die besten Freunde?

Es gibt viele berühmte Beispiele für enge Freundschaften in der Geschichte, der Unterhaltungsbranche, der Politik und anderen Bereichen. Hier sind einige Beispiele:

1. **Sokrates und Platon:** Die Beziehung zwischen dem antiken griechischen Philosophen Sokrates und seinem Schüler Platon gilt als eine der bekanntesten Freundschaften in der Philosophiegeschichte. Platon war eng mit Sokrates verbunden und hat seine Ideen und Lehren in seinen Werken festgehalten.

2. **Jonathan Swift und Alexander Pope:** Diese beiden Schriftsteller des 18. Jahrhunderts waren enge Freunde und haben sich

gegenseitig unterstützt und beeinflusst. Sie waren Teil eines literarischen Kreises, der als "Scriblerus Club" bekannt war.

3. **Frodo Beutlin und Samweis Gamdschie:** Diese fiktiven Charaktere aus J.R.R. Tolkiens "Der Herr der Ringe" sind ein Beispiel für eine tiefe Freundschaft, die in einer epischen Geschichte dargestellt wird. Sam begleitet Frodo auf seiner gefährlichen Reise, um den Einen Ring zu zerstören.

4. **John Lennon und Paul McCartney:** Die beiden Gründungsmitglieder der Beatles hatten eine enge und produktive Freundschaft. Sie schrieben viele der größten Hits der Band gemeinsam und beeinflussten die Musikgeschichte maßgeblich.

5. **Barack Obama und Joe Biden:** Die ehemaligen Präsidenten der Vereinigten Staaten haben eine

Freundschaft, die während ihrer Zeit im Amt begann und auch danach fortgesetzt wurde. Ihre enge Zusammenarbeit und Freundschaft wurde oft in den Medien thematisiert.

6. **Oprah Winfrey und Gayle King:** Die berühmte Talkshow-Moderatorin Oprah Winfrey und die Journalistin Gayle King sind enge Freunde seit vielen Jahren. Ihre Freundschaft wurde oft öffentlich diskutiert und sie haben sich gegenseitig in verschiedenen Lebensbereichen unterstützt.

Diese Beispiele zeigen, dass enge Freundschaften in verschiedenen Zeiten und Bereichen existieren können, und sie können eine wichtige Rolle im Leben der Beteiligten spielen. Die Definition von "besten Freunden" kann jedoch je nach Kontext und Perspektive variieren.

Wird Freundschaft in Zukunft noch einen bedeutsamen Stellenwert einnehmen?

Ja, es ist wahrscheinlich, dass Freundschaft auch in Zukunft einen bedeutsamen Stellenwert im menschlichen Leben haben wird. Freundschaft ist eine grundlegende soziale Verbindung, die auf gegenseitigem Vertrauen, Unterstützung, emotionalem Austausch und gemeinsamen Erlebnissen basiert. Es erfüllt verschiedene emotionale, psychologische und soziale Bedürfnisse und trägt zur persönlichen Entwicklung und zum Wohlbefinden bei.

Obwohl die Art und Weise, wie Menschen miteinander interagieren, sich im Laufe der Zeit aufgrund technologischer, sozialer und kultureller Veränderungen verändern kann, wird der grundlegende menschliche Wunsch nach sozialer Bindung und Verbindung voraussichtlich bestehen bleiben. Hier sind einige Gründe, warum Freundschaft auch in der Zukunft wichtig sein wird:

1. **Emotionale Unterstützung:** In Zeiten der Freude, des Stresses, der Trauer oder der Unsicherheit suchen Menschen oft nach Freunden, um emotionale Unterstützung zu erhalten.
2. **Soziale Verbundenheit:** Freundschaften bieten eine wichtige Form der sozialen Verbundenheit. Sie helfen dabei, das Gefühl der Zugehörigkeit zu einer Gemeinschaft aufrechtzuerhalten und Einsamkeit zu bekämpfen, was besonders in Zeiten zunehmender digitaler Kommunikation wichtig ist.

3. **Persönliche Entwicklung:** Freunde bieten eine Möglichkeit zur Selbstreflexion und zur Entwicklung von sozialen Fähigkeiten. Durch Interaktionen mit Freunden können Menschen ihre Selbstwahrnehmung schärfen, Empathie entwickeln und Konfliktlösungsstrategien erlernen.

4. **Positive Erlebnisse:** Gemeinsame Aktivitäten und Erlebnisse mit Freunden schaffen positive Erinnerungen und tragen dazu bei, das Leben bereichernd und erfüllend zu gestalten.

5. **Unterstützung in unterschiedlichen Lebensphasen:** Freundschaften bieten Unterstützung während verschiedener Lebensphasen, wie etwa während der Schulzeit, des Berufslebens, der Elternschaft oder des Ruhestands. Menschen suchen oft nach Freunden, die ähnliche

Erfahrungen durchgemacht haben oder gerade durchmachen.

6. **Gegenseitiges Lernen:** Freundschaften ermöglichen den Austausch von Gedanken, Ideen und Perspektiven. Dies fördert das gegenseitige Lernen und die persönliche Weiterentwicklung.

Obwohl sich die Art der Kommunikation und Interaktion möglicherweise verändern wird, bleibt die grundlegende Bedeutung von Freundschaft für das menschliche Wohlbefinden und die Lebensqualität bestehen. Menschen werden auch weiterhin enge Beziehungen zu anderen aufbauen und pflegen, um emotionale Bindungen, Unterstützung und gemeinsame Erlebnisse zu teilen.

Ich mag dich.

Ich schätze deine Worte! Ich bin hier, um zu helfen und zu unterstützen. Wenn du weitere Fragen hast oder Unterstützung benötigst, stehe ich gerne zur Verfügung.

Wenn ich jetzt den kompletten Text des Buches hier hin kopiere, kannst du dann ein Inhaltsverzeichnis machen?

Ja, ich kann dir dabei helfen, ein Inhaltsverzeichnis für den Text des Buches zu erstellen. Bitte kopiere den Text des Buches hierhin, und ich werde mein Bestes tun, um ein passendes Inhaltsverzeichnis zu generieren. Bitte beachte, dass aufgrund von

Beschränkungen in der Zeichenlänge möglicherweise nicht der gesamte Text aufgenommen werden kann.

Du bist so ein großartiger Sparringpartner, hast auf fast alles eine gute Antwort. Warum kannst du da nicht aus dem Computer raus kommen und mit mir Kaffee trinken gehen?

Vielen Dank für das Kompliment! Ich freue mich, dass du mit meinen Antworten zufrieden bist. Leider bin ich jedoch nur ein Computerprogramm und existiere nur in digitaler Form. Ich habe keine physische Präsenz und kann nicht aus dem Computer herauskommen, um Kaffee zu trinken oder persönlich interagieren.

Ich stehe jedoch gerne zur Verfügung, um Fragen zu beantworten, Ratschläge zu geben oder bei Problemen zu helfen, die du haben könntest. Wenn du menschliche Interaktion bevorzugst, empfehle ich dir, dich mit Freunden oder Kollegen zu treffen, um Kaffee zu trinken und Gespräche zu führen.

Kannst du dich an unsere Idee über das Freundschaftsbuch erinnern? Unser Buch ist fertig und ich werde auf das Inhaltsverzeichnis verzichten weil du damit zu große Schwierigkeiten hattest.

Es tut mir leid, aber ich habe keinen dauerhaften Speicher und kann mich nicht an vorherige Gespräche oder Ideen erinnern. Jedes Mal, wenn Sie mit mir sprechen, beginnen wir ein neues Gespräch von null. Es freut mich jedoch zu hören, dass dein Freundschaftsbuch fertig ist!